앙팡 테리블

안지은

시인의 말

지옥엔 다 자란 내가 있는데
너는 천사의 마음으로 다 괜찮다고 말한다

2023년 2월

안지은

앙팡 테리블

차례

2부 무단투기 금지

3부 부드러운 악과 조용한 선

4부 마음은 플랑크톤

해설

1부
나는 잠깐 사람

텐션

가늠할 수 없이 긴 식탁 위에
잔 접시 나 나이프 포크 너
늘어져 있다

나와 나이프는 조금 가깝고
너와 잔은 아주 멀다 그리고
우리는 마주 보고 있다
서로 알고 있는 서로를 매 순간 흘려보내면서
아주 오래된 친구라는 확신을 가진 채로
그 사이

돼지가 지나간다

지나는 게 중요해, 간다는 게 중요해?
질문할 수 있다는 건 기다릴 수 있다는 것
식탁보 대신 나의 일생을 깔아 놓고
그 위에서 만찬 혹은 손가락을 빨자 비로소

정물로서의 나와 생물로서의 나이프
그렇다면

돼지가 지나가고 있다

너는 어제의 나를 알고 있다고 했다
유리가 깔린 식탁에서
식탁의 무늬를 유리의 결이라 믿는 사람
우린 분명 마주 보고 있는데
자꾸만 미끄러지는 건너편

잔과 나이프는 잘 어울리는 한 쌍이다
물론 이건 생물의 입장이고
정물은 그저 본다, 저기에

돼지가 있다

잡았다

놓쳤다

식탁 위에 놓여 있는 모든 것들이 놓친 것에 대해 이
야기할 때

나는 나의 빈손을 본다

비현실

볕이 내리쬐고 있다 광장에는 메마른 분수 그 옆 달 아오른 벤치 앞에는 녹슨 조형물이 있고 나는 벤치에 앉아 있다

광장의 모든 사람들은 어디론가 향한다
그 사실을 믿을 수 없다

구름이 잠깐 해를 가리자 풀숲에서 아이가 튀어나온 다 시원하다 외치면서

실감이 나지 않는다

빨갛게 익은 피부가 따끔거리고 나도 어디론가 가야 만 할 것 같은데

구름이 다시 흐른다
발을 뗄 수가 없다

분수와 타일 사이 이끼 하나 너무 초록
눈부시다

내일은 비가 온대
내 앞을 지나치는 연인이 하늘을 향해 손차양을 만
들며 말하고

모든 짐작은 소용이 없고 예보보다 오늘 날씨가 좋다

하늘을 오래오래 쳐다본다
눈앞이 흐려져도 슬픔은 도리어 선명해진다

땅이 식고 있다
광장의 가로등은 해가 지면 켜진다

광장에 오지 않은 사람은 영영 오지 않는다

공원에서의 대화

공터를 공원으로 부른 뒤로부터 우리는 서로의 주변
을 하염없이 맴돈다

듬성듬성 붉은 벽돌이 깔린 보도
벤치 하나 없는
앉을 곳이라고는 바닥뿐인

걷기 좋다

우리는 앞을 보며 걷는다 그림자가 점점 길어지는 줄
도 모르고
옆을 잊은 채

오늘 저녁은 무얼 먹을까
서로가 떠올리는 식탁에는 의자가 하나뿐이고

어느덧 너는 저만치 앞에 서서 걷고 있다

기묘한 고요

뒷모습을 바라보는 건 지겨운 일이야
불현듯 희미하게 네 허밍이 들려오고

지긋지긋한 사랑을 하는 연인의 모습을 위해서
우리는 많은 시간과 상상이 필요했지

색이 바랜 벽돌도 벽돌이듯이
아주 오래된 연인인 우리는

공원에서 만난다

공원에는 혼자 걷는 사람들이 많다

정서와 서정

애인이 집으로 왔다
나갈 땐 죽을 것처럼 울더니 살아서 돌아왔구나

네가 없는 빈방에서 소리가 났는데

몸살이 났다
몸에 살이 나면 원래 아픈 건가

우리는 하나의 소파를 나눠 쓰고
나는 자꾸만 등 쪽이 서늘해진다
가 닿을 수 없는

애인의 손과
어제 없는 미래

우리는 소파의 끝에 각각 앉는다
 이쯤에서 애인은 꽃 이야기를 할 것이다 해를 바라보
면 해바라기고 달을 맞이하면 달맞이라고

나는 그런 꽃의 충성심이 무섭고

살이 자꾸만 난다
살이 몸이 된다는 건
소리에 목메는 것과 같고

애인은 소리 없이 웃는다

한쪽이 정서면 다른 한쪽은 서정이다
둘은 한집에 살고

소파는 이 집 중심에 있다

안전제일

건물 공사는 막바지에 다다르고

우리는 침대에 누워 비디오를 시청한다
바닥의 진동과 벽의 균열
방에 먼지가 너무 많은데?
괜찮아

평화로운 홈비디오와
고른 숨을 뱉는 우리
침대는 안전하다

아이의 얼굴을 한 신이 밥을 먹고 있다
4인용 식탁에서 혼자
카메라는 집요하게 신을 좇는데

야 이 비디오엔 왜 이렇게 나쁜 놈이 많냐

나는 두 손을 모으고 천사의 마음으로 다 괜찮다고

말한다
　너는 맨손으로 나를 쓰다듬고

　손끝에서 얼어 버린 기도는 누굴 향해 나아갈 수
있나

　깍지를 낀 초라한 나의 손
　신이 우리 쪽을 바라보는데
　환기 좀 시키자
　너는 침대를 벗어나 문을 연다

빛과 함께 쏟아지는 눈물

괜찮아?
보이는 것 그대로 믿지 않는 너와
이 건물은 문턱이 높고

비디오는 특정 구간을 재생하지 않는다

이 모든 것이 사랑에서 비롯된 미래는 아니길 바랐다

너에겐 늘 좋은 냄새가 나

그러자 라일락이 만개한 골목
이 골목에는 내가 숨을 곳이 없고

담벼락에 기대어 숨을 참았다
막다른 골목은 왜 어둠이 짙게 깔릴까
나는 벽을 더듬으며 조금씩 걸었다

그게 앞으로 나아가는 방법이라 믿었다

너는 냄새를 잘 알아채는 사람이구나, 그게
라일락을 이 골목에서 가장 푸르게 만들었다

나는 푸른 것들이 무서워
오늘 내일의 빛깔에 대해 생각하다가
아냐 그건 너무 거대해
일출 일몰만 생각하기로 하자

쌓인 생각 더미들 위로 하루살이 떼가 달려들었다

나는 뒤로 나자빠지면서
저렇게 돌진하는 힘은 어디서 나오는지 궁금해하며

숨을 터트렸다
헐떡이는 숨만큼 간결하고
강렬한 것이

골목에 만개했다

버드 오브 파라다이스

신이 있다면 바퀴벌레 아닐까
죽여도 죽여도 끈질기게 살아남아서

나는 그냥 나로 죽기로 했다

집 건너편 교회의 십자가는 푸른색
창문으로 쏟아지는 그 빛이 징글맞아서

나를 깃털로 채운 감옥에 가두어 주세요
기도는 이상하게 희망차단 말이지
다리 없는 새가 날개만 믿고 살아가는 것처럼

여행을 떠났다고 믿고
이방인의 마음으로 침대 위에 텐트를 친다

텐트의 축은 네 개 휘어진 십자가
나는 이런 것들이 고리타분하고

절대 땅을 밟지 않고 나는 새
텐트에 누우면 한가득 볼 수 있다
구름처럼 흘러 흘러 살다 죽을 때가 되어서야 추락
하는

바닥에는 죽은 새의 온기
증식하는 바퀴벌레

여행을 떠난다

그러니까 다리는 없어도 된다는 말이었다

카니발리즘

당신이 없는 곳으로부터 당신이 태어난다
간단하다, 모든 것은 필요에 의해 시작되고
나는 살아야 할 필요가 있다

배고프다, 중얼거리면
불투명한 얼굴로 식탁 위에 솟아나는 당신, 당신들

침 속에 고여 있는 투명한 시간
차가운 접시 위
연기처럼 새어 나오는 불가능이란 말이 좋아

　당신에겐 사랑이 불가능해서 나는 꿀 수 있는 꿈들
만을 꾸고
　잠들 수 없는 밤이 계속돼서 나는 사랑하는 척을
했다

　잊었어? 우리에겐 약속이 있잖아
　개의 꼬리같이 쉽게 흔들리는

도망간 당신을 위해 사전을 뒤적인다

눈이 멀고 있는 개를 꿈이라고 부른다
개의 이빨이 자라는 것을 죽음이라고 부른다
개의 얼굴을 우리라고 부르자,
내가 살아 있어서 도망간 당신에게
같이 죽어 버리자
말해도 개의 귀가 녹아내리는 것은 멈추지 못한다
그럴 바에야 잘라 버리자, 그것이

우리의 가능성

벌어지는 개의 입, 불투명하게
흘러내리는 내일
입을 다물 수가 없어
영원을 위해 뽑아 버린 이빨

모든 가능성이 닫혀 있을 때 비로소 당신과 나는

엑소더스 클럽

당신의 손톱이 들리면서 이 여행이 시작되었죠 들린 틈 사이로 맨홀 구명이 생기면서부터 우리는 사고를 피하여 그곳으로 숨게 된 것이었습니다 이상하게 보지는 마시고, 우리는 죽고 나서도 죽고 싶은 자들의 모임입니다만 그렇다고 귀신 취급은 하지 말아 주십시오 당신과 우리는 가족은 아니지만 남은 더더욱 아니지 않습니까? 취향이 같다는 것은 하나의 사고였습니다 지난밤 당신은 안경을 쓰고 잠이 들었지요? 그 옆에 누워 당신의 안경 너머로 세상을 훔쳐보는데 그게 퍽 우리의 것 같았더란 말입니다 새 손톱이 자라나는 속도로 당신은 이 모든 것을 이해하게 되겠지만 그때가 되면 우리는 서로의 이름을 바꿔 부를 수가 없게 됩니다 지금 이 순간이 얼마나 절호의 기회인지 모르겠지요 당신의 눈을 스스로 찌를 수 있는 기회인데 말이죠 아, 우리가 무엇을 하는 사람이냐고요? 우리는 구멍을 냅니다 이름을 버리면서 서로에게 구멍을 내는 것이 주된 노동입니다 당신도 거울을 마주 보며 노동을 시작해 봅시다 거울 속에 있는 자는 누구입니까? 먼 미래의 당신을 불러와 보십

시오 당신은 거울을 마주하고 앉아 있지만 실은 오랫동
안 벽을 사랑한 것과 마찬가지인 셈입니다 당신 엉덩이
에서 벽돌이 돋아나고 있습니다 이제 자리를 뜰 때가 되
었다는 증거입니다 우리의 손을 잡고 뛰어내립시다, 맨
홀 속으로 가입합시다

　이렇게 해서 얻는 게 무엇이냐고요?
　우리는 아직 살아 있습니다 그것이 이 여행의 전부입
니다

데자뷔

찢어진 식탁보로 만든 애인, 그 사이를 흘러내리는 내
가 보인다
애인에겐 발이 너무 많아
어디든지 갈 수 있으나 어디로든 가지 않았다

지옥엔 다 자란 네가 있어

애인의 예언에 열대야를 기르는 나날들
귀를 막으면 별자리들이 바람에 찢어지는 소리가 들
리고
나는 더 이상 운세를 믿지 않았다
꿈만이 구원이라 믿었는데

꿈에서 애인이 죽었다
누구의 꿈인지 누구의 애인인지 알 수 없어
모두의 꿈이 섞이는 새벽에 자주 깼다
오늘과 내일의 경계가 헷갈려서
뜬 눈으로 앞을 보지 못하고

벽을 더듬는 것을 키스라고 부르고

혀를 섞으면 검게 그을린 손가락들이 숲을 이뤘다
죽은 애인은 매일 살아서 돌아왔다, 살을 찌워서
나는 애인으로 불꽃놀이를 즐겨 하고

떨어진 살점을 주워 먹었다, 가끔
눈을 감아도 애인이 보였다, 우리는
핏속에 유리가 흘렀다, 유일하게

진심을 불태워 불행을 만들 줄 알았다

허공이 벽처럼 단단해질 때
얼굴에서 숲이 자라났다, 애인은

얼굴에 커튼을 드리울 때를 밤이라 불렀다
커튼을 식탁보로 쓸 때를 죽음이라 불렀다, 나는
찢어진 식탁보를 기운 것을 애인이라 불렀다

우린 재봉틀로 박아 놓은 혈육
내일은 당신이 살고 내가 죽을 거예요

나에겐 예언이 너무 많아
언제든 죽을 수 있으나 언제나 죽지 않았다

플라스틱 아일랜드

누워 있었다
소리가 공간을 만든다고 믿고
연인이었다, 로 시작하는 문장을 중얼거리면

　망가진 골동품들이 쌓여 있는 선물 가게 안이다 문
턱이 없는데도 자꾸만 걸려 넘어지고 나는 너를 닮은 인
형을 찾는다 외눈박이 인형, 아크릴 재질의 조악한 눈동
자, 흘러내리는 풍경들

　어차피 두 눈이 다 필요한 건 아니잖아, 너는 스스로
제 눈을 찌르면서 긴 여행을 떠났지 둘이 앉아 있던 소
파에서 일인용 침대가 되기까지의 시간을 메우려 인형
을 앉혀 놓고 소리친다

　나를 봐!

　폭발하는 홍채

파편들은 순식간에 자라나 숲을 이루고 나는 어디에
도 담길 수 없는 사람 한낱 스쳐 가는 풍경일 뿐 그 때문
에 잘 흘러내릴 수 있어서 액체의 형태로 오랫동안 고여
있을 수 있다 눈을 감으면 밤의 근사치에 다다르고 이를
가는 네 잠꼬대 소리 어디선가 들려오고

숲은 늪으로 변해 간다 나는 잇몸에 대해 생각한다
몸이 된다는 것은 무엇일까

…*왜 그렇게 생각해?* 뒤늦게 소리 내 물어보면 아주
크고 환한 전광판이 우뚝 솟아오르고, 대답 대신 우리
의 미래가 끊임없이 광고되고 있다

한 명은 반드시 죽게 될 것이다, 서로의 손에

로션은 손의 형체를 기억하고 있고
늪은 로션의 점성을 닮았다
아니, 어쩌면 피

목이 졸린다
나는 보지 않고도 본다
죽어 가는 나를

눈을 감아도 깜빡일 눈이 있다는 것이 내가 가진
슬픔

누워 있었다 그 위로
비닐로 된 비가 쏟아지고
나는 영원히 썩지 않는다

송구영신

초침만 분주하게 움직이는 고장 난 시계 앞에서
개를 목욕시키는 일
불발탄 같다

젖은 털은 무겁고
볼품없지

손은 단지 미끄럽고 잘 마른다

슬픈 사람의 육체가 젖고 흐를 수 있었다면
나는 조금 더 움직일 수 있었을 텐데

개는 잠깐을 못 참고 뛰쳐나간다
잠깐의 마음은 늘 새롭고

버겁다

개가 남긴 발자국은 투명하고

나는 자꾸 비누를 놓치고

바닥에 주저앉으면 젖는 것은 옷뿐이다
슬픈 사람의 눈망울을 흉내 내면
나는 잠깐 사람

개는 패브릭 소파 위에서 얼굴을 비비고 있을 것이다
쿵쿵 강한 숨을 내뱉으면서

현관 센서등이 깜빡인다
들어왔다 나가는 것들이 많다
나도 모르는 새에

해가 바뀌어도
나를 붙잡고 늘어지는 것들은 여전할 테고

타일이 버틸 수 있는 무게를 생각하며
욕실 밖을 나선다

메시지가 도착했다는 알람에도
심장이 뛰지 않는다
아주 오래된 일이다

2부

무단투기 금지

Walking in the rain

이 질문에서부터 긴 산책이 시작되었죠 목소리에서 소리를 분리할 수 있는가? 그렇다면 남겨진 목은 가치가 있는가

물웅덩이

물이 없는 웅덩이에 발을 담그고 젖는다, 젖어 간다 되뇌면 비가 내리는 거죠… 착각은 가장 큰 희망이니까

버려진 청소기, 쌓여 있는 먼지

같죠, 같아요 모두 내 이름으로 묶일 수 있으니 생활 같은 거잖아요 고여 있는 거, 켜켜이 쌓여 있는 거… 고물상을 고향이라고 부를 수 있다면 나는 좀 더 나은 사람이 될 수 있었을까 생각하며 아주 오래 방치된 폐차에 올라타면

대상이 보이는 것보다 가까이 있음

마음은 대상이 될 수가 없다는 걸 깨닫죠 나와 분리될 수 없는데, 언제나 한없이 먼… 그렇다면 나는 어디에 있는 걸까요? 나는 무엇을 보고 있는 건가요 지금 내 뺨을 타고 흐르는 게 비라면

비가 맛이라면

비는 짜지 않아요 단지 아플 뿐 맛과 통각이 구분되지 않는다면 먹는 일은 늘 아플까요? 모든 게 고통스러울까요? 나는 하나도 아프지 않은데 병든 육체의

뺨을 열고 자라는 야자수

비가 우박이, 다시 우박이 비가 되기까지의 과정을 아세요? 그 눈 같은 돌을, 돌이 녹은 물을 가만히 보고 있노라면 몇 세기가 내 앞에 가만히 앉아 있고요, 순식간에 나는 지난 세기를 통과한 유령이 돼요 우박을 물면 그게 꼭 터지는 씨앗 같고, 그걸 물고 잠들면… 수박 맛

이 나죠 연한 속살과 두껍고 투박한 껍질이 열리고 씨앗이 쏟아지는 육체… 축제, 축제죠

폭죽과 메아리

소리를 잡아먹고 공허를 만드는, 결국은 껍데기만 남는… 그 위를 낡아 가는 비가 덮는다고 생각해 봅시다 웅덩이로는 모자라서 바다가 된다면 이것들은 나의 대상이 될 수 있죠

먼지 쌓인 빗물과 고여 있는 바다

그렇다면 남는 질문은 이것 하나죠
이 모든 게 사실이고 남겨진 것은 나 하나고 이것이 유일한 가치라면

희망은 어디에 있는가

에덴에게

지금까지 어디에 있었니?

저는 항상 여기에 있었어요.
그런 질문을 받을 때마다 조금씩 움직이게 됩니다.
저는 하나의 정물임에도 불구하고요.

죽은 자들이 되돌아오고 있다. 너는 믿지 않겠지. 죽은 자들이 궁금하지 않니? 네가 태어난 곳으로 가 보아라. 그곳에 무엇이 있는지.

보았어요. 오래전에 죽은 나를.
기도하는 제 위로 죽은 제 자신들이
쏟아져 내렸어요.

너는 귀신을 믿는구나. 그것이 믿음을 깨는 유일한 방식이라면 방식이지. 목적 없는 기도를 하여라. 네 귀밑에서부터 기도문이 쓰여지고 있다. 안으로 향하는 계단이 네게 있다. 네 자신을 믿어라.

저는 죽지 않았는 걸요?

아무 말도 하지 않도록 조심하여라. 너는 이미 너무
나 많은 유언을 말하였다.

희귀종

누군가의 꿈을 대신 꾸며 죽은 들개를 기른다
창밖에선 뿌리 없는 나무가 자라고
안에선 모르는 얼굴의 당신이 침묵으로 말을 걸고 있
었지

나는 너무 오래 죽어 있었다
죽은 자가 산 자를 위해 기도하는 것을 본 적 있는가

죽은 들개의 이빨을 다듬으며
당신에게 기도를 바치면
비가 쏟아진다
침묵을 찢고
침묵이 되는

나는 스스로를 희귀라고 칭했다
내 자신을 화석으로 만드는 방식으로

당신은 나를 알고 있지?

한 침대에 나란히 누웠을 때 알았다
우리는 같은 피를 나눠 쓰고 있다는 것

꿈에서 숨 쉬는 방식을 배운다
나는 좋은 아가미를 가지고 있지
호흡이 익숙해질수록 당신의 얼굴이 선명해지고

이내 불타 버리는 당신, 오랫동안
비가 내린다 재가 된 당신을 끌어안으면
아가미에서 잎이 돋아난다
영원토록 나는 썩지 않고 한곳에 누워

눈을 뜨면 언제나 밖이다
뿌리가 지상으로 자라는 나무가 있고
알지도 못하는 이름을 되뇌면
입안에서 들개의 이빨이 자라고

어디선가 살 타는 냄새

불면증

당신은 의문의 형식으로 빵을 굽습니다 녹물이 스며든 얼굴 나는 당신의 얼굴을 만지작댑니다 손에 닿는 것만이 구원이지요? 그런데 왜 당신의 눈동자 안에는 빈방이 있는 겁니까

오븐에서 빵이 터집니다 내가 반죽한 빵입니다 실수였지? 당신이 물었고 그 이후로 내가 가지는 모든 감정이 실수가 되었습니다 손바닥이 물이끼로 변해 가고 당신은 오븐 안으로 걸어 들어갑니다 그제야

계획 없이 낮이 스며들어 지하는 더 이상 지하가 아니게 되었습니다 당신과 나를 우리라고 묶을 수 없으니 빛보다 빠르게 당신을 파양합니다 불타는 당신을 보며 나는 목욕을 합니다 거품을 삼키며 끝없이 미끄러집니다

텅 빈 방을 천국이라 부를 수 있을까요? 그곳에서 벽지처럼 무늬화되어 있는 당신을 만져 볼 수 있을까요?

그러면 더 이상 당신을 당신이라 부르지 않아도 될 것
이고 존재하지 않는 길을 지도로 만들지 않아도 될 텐
데요

　오븐은 애초에 존재하지 않았으나 무엇이건 간에 부
풀어 올랐습니다 누군가가 존재라도 했던 것마냥 낮도
밤도 아닌 이상한 시간을 반죽으로 쳐대며 끊어질 듯
이어질 듯 붙어 있는 숨

　간신히 눈을 뜨고 나서야 당신의 얼굴이 완성되었습
니다

징례

편지를 불태우며 달리는 기차가 있다. 당신은 틀린 맞춤법을 사랑하지. 나는 글씨를 거꾸로 쓰는 연습을 한다. 내가 쓴 편지가 불타지 않는다.

장마가 오고 있어. 예감은 쉽게 예언으로 바뀐다. 모든 거짓말은 진실이 될 수 있다. 편지 봉투에 가명을 쓴다. 보내는 사람, 받는 사람 모두

애초에 둘로 나뉜 적이 없잖아.

당신과 나는 쉽게 우리가 된다. 유언장에 내 이름을 써 줘. 당신은 유리창에 엑스를 그어 놓고 구원은 없다고 말한다. 우리는 창 하나를 사이에 두고 마주 보며 유리 조각을 나눠 먹는다. 서로의 이름에 구멍을 내며 돌림노래를 부른다.

청각이 통각으로 변한다. 기차는 곧 출발할 것이다. 기관실은 오른쪽에 있으나 당신은 왼쪽으로 들어간다.

돌림노래인 적 없다는 듯 노래가 끊긴다. 문을 닫기 전
찰나의 표정.

내게 당신의 표정이란 평생 이해할 수 없는 것이
맞다.

편지가 불타기 시작한다.
가명 위에 가명을 덧쓴다.
개에게는 개의 혀가 필요하듯

오늘의 운세

내일을 질문하자 어제가 온다 땅에 발이 닿지 않는 꿈 어제의 너는 죽은 인디언을 흉내 낸다

내가 만든 배가 사막으로 가고 있다 배에는 불타 버린 편지가 가득하다 부적을 만드는 심정으로 하나의 문장을 외운다

앵무새의 먹이를 훔쳤어요

예의도 없이 너는 새의 발을 탐한다 수치심도 없이 나는 외운 문장으로 죄가 밝혀진다 꼬리에 꼬리를 무는

돌림노래에는 내일이 없지 네가 소리 없이 노래를 시작하자 모든 차례들이 없어진다 앞뒤를 모르는 사람이 될 거라고 내가 기도하자

배가 뒤집히기 직전에 어제의 내가 먼저 도착한다 너의 뒤통수에 나의 얼굴을 새겨 넣어도 될까 대답 대신

너의 표정이 익사하고 한 장의 편지만 남는다

고대에는 재난이 많았지

죽은 말의 살갗을 가진 네가 빛나는 눈으로 편지를 읽는다 너의 혀에서 모래가 돋아난다 네 눈을 감기면 땅에 발이 닿는 오늘

네 뒤를 봐줄게

쏟아지는 모래

기일

걷던 길에서 방향을 조금 틀었을 뿐인데, 신기하지
낯선 골목에 당신의 얼굴이 벽화로 그려져 있다니

네게선 물이 자란다, 언제 내게서 그런 표정을 거둘
거니

누군가가 대신 읽어 준 편지는 예언서에 가까웠지
막다른 골목길에서 나의 감정을 선언하니
벽이 조금씩 자라나고, 그때에
당신은 살아 있구나, 눈치챘지
문장의 바깥에 서서

당신은 긴 시간 동안 사람이었지
이제 집으로 돌아갈 시간이야

언젠가 손을 맞잡았던 적이 있지, 짧게
우리라고 불릴 시간은 딱 그만큼이어서
나에겐 기도가 세수야

당신을 미워하는 건 참 쉬운 일이지

오래 마주 보고 있기엔 당신의 눈동자는 너무나 투
명해

표정은 쉽게 미끄러지고

벽을 등지고 걸으면 내 등이 보이는 오늘

누구랄 것 없이 녹아 흘러내리지만

언제나 당신은 젖지 않지

내가 살아 있는 것이 당신의 종교가 되길 바랄게

생일 축하해,

식물일기

웅크리고 있는 개의 감정을 학습한다 오래된 일이다
생각을 해도 쉽게 떠오르지 않아 생각을 멈춘다 물건을
가지런히 정리하는 기분

물건들이 제자리로 돌아갈 때 외롭다고 느낀다 벽을
오랫동안 사랑하였다 일방적인 일이다 팬티에 손을 넣
으면 조금 살아 있는 것 같다가도 금방 알 수 없어진다
매일이 그렇다 욕조에는 언제나 차가운 물이 차 있고

나는 화상을 입는다 병원에 가야지 동물적으로 직감
한다 욕조 안에는 개가 둥둥 떠 있고 먼 미래의 내가 중
얼거리는 것을 훔쳐 듣는다

*세상 모든 어린것들은 행복해야 한다 어린것들은 항
상 행복해야 한다*

망가진다 그런 적 없다 어린것이고 싶다 그러나 이미
훌쩍 커 버린 몸 물집을 핥는다 어른스러운 일이다 욕

조 안의 물을 빼자 개가 가라앉는다 몸을 웅크린 채 죽
어 가는 것마냥

　따라 웅크려 본다 나는 너무 오래 죽어 있었다 이제
야 내 자리를 찾은 기분 팬티를 벗다가 문득 어디론가
가야 하는 내가 떠오르자

　벽이 움직인다
　벽은 조금 외롭다
　병원에는 욕조가 있고 나는

　언젠가 벽에서 물집이 돋아날 것이라
　생각한다

핸들링

모든 게 숲으로 돌아갔다

저마다 각자의 씨앗과 나무 고기를 가지고
나에겐 그저 작은 문과 더 작은 침대가 있었다
숲은 아주 투명해서
나를 반사시켰다 그럴 때마다
침대에 불을 지르고 싶었다

가능했다, 불이 흐르고 물이 타들어 가는 일
숲의 사람들은 이해하지 못했다 모두가
뿌리를 가지고 있었고
문고리에 뿌리를 넣어놓거나 침대 위에 뿌리를 던져
놓고 갔다
많은 뿌리를 매만지며

나는 한 그루의 나무도 갖지 못한 사람

적게 말하고 오래 듣는 규칙

건반이 빠진 피아노에 뽑은 이빨을 심으면
불협화음 속에서 아주 작은 신음이 들렸다

악보에 나의 미래가 그려져 있었다면 조금은 달라졌
을까
누가 누구인지를 그림자가 말해 주는 세계에서
빛은 없지
동전의 앞뒤를 동시에 볼 수 있는 사람이 되고 싶어

창문은 문보다 많은 일을 알고 있다
땅이 흔들릴 때마다 훔쳐 온 나무를 심고
기둥을 끌어안고 춤을 추기

나는 신이 아닌데 모든 걸 알려고 한다 방관하거나

숲에는 언제나 아침이 오고
침대 위에 가만히 누워 세상의 모든 아침을 접으면
검게 태어나는 숲

빠진 이빨은 말이 많지만 침묵했다

트리거

새장 안에 들어가는 것으로부터 영화가 시작됩니다
아주 까맣고 보드라운
　진흙을 얼굴에 바르며 개봉할 리 없는 영화의 관객이
되는 일

빛에 반사된 거야? 빛을 머금은 거야?
어찌 됐든 손에 쥘 수 없다는 거야
그런 형체들에게서 감정을 읽고
슬픔에 맛이 있다면 단맛일 거라고 자꾸만 당기니까

먼 훗날 살이 찐 내가 먼저 알고 있는 것
목울대를 탁 치면 팡 하고 터져 나오는

꼬리, 꼬리들

네가 머물렀던 곳엔 폭탄이 터져
　내가 말한 건지 누가 말해 준 것인지 기억도 나지 않
지 그저 그로부터 많은 시간이 흘렀습니다

한 손에 다 녹은 아이스크림을 쥐고 무덤 주변을 걸
었다
원숭이가 아이스크림을 좋아하거든
속삭이는 넌 누구?
무덤에서 시체를 꺼내 밥을 먹이고 있는 년

내가 머물렀던 곳엔 폭탄이 터져
믿음의 확산이 이렇게 무섭습니다 이미 먼 훗날의 내
게 종교인 것

새장 안에 원숭이가 있다고
그래, 그러려니 한다 내가 숨을 참는 동안은 죽은 상
태라 여겨도 이내 숨을 들이마실 수밖에 없는 것처럼

아주 빳빳한 털과 굳어서 갈라지는 피부와 썩은
냄새
장발의 원숭이 새장 안에 원숭이 아무도 원숭이인
줄 몰라 어쩜 웃기지도 않아

아무도로 묶이기엔 내가 너무

걸음을 멈추자 터지는 원숭이 내 몸을 타고 흘러내리
는 원숭이
아이스크림처럼 보드랍다
익기 전에 가장 뜨거운 고기를 먹는다
어쩜 질기기도 하지

새장 문을 누가 잠가 놓았지?
문은 닫혔는데 열리는 의문과

포물선을 그리며 꼬리 치는 꼬리
돌아가는 프로펠러처럼 꼬리에 꼬리를 물고
끝까지 살아남은 꼬리는
영원히 개봉할 리 없는 영화

한 사람의 관객이 떠났는데 여러 명의 사람이 엔딩 크
레딧에 이름을 올리게 되었습니다

스테레오 타입

침을 뱉었고
받아먹었습니다

나는 아주 목이 말랐습니다, 이것은
내가 자랄 수 있다는 가능성이 있다는 말이었고

순식간에 잔디가 자라났다가 시드는 속도로
확신이라는 것을 합니다, 당신은
나는 이름이 없는데 내 이름을 부르고

역시, 이번 생도 누군가의 전생인가 보군요

당신은 일기장을 건넵니다
덮어도 덮어지지 않는

쉽게 구부러지는 이름을 가진 동생과
영원히 부를 일 없는 엄마와
아주 오래전에 죽은 아버지

수정 테이프로 덧칠해 놓은

내 이름을 쓸 자리에 당신 이름을 써 보다가
문득 아주 작고 유연한 의심이 드는 것입니다

왜 모든 노래는 클라이맥스를 향해 나아가는지

어느 날이라 불리는 날들이 반복되었지만 그 어떤 날
도 어느 날이 될 수 없었습니다

자정의 숲, 벌거벗은 소년들

낯선 사람은 아직 만나지 못한 친구야

하지만 소년은 소년에게 익숙했다
숲은 빤하고 뻔뻔한 방식으로 무성했고

외로운 소년들

꽃이 짐승을 죽일 거야
꽃을 꺾는 일은 중요한 일과 중 하나 소년들은 강함
을 믿는 타입이었다 이것은 물론 벌거벗었기에 가능한
일 외강내유 알지? 우리는 속으로 눈물을 흘리는 스타
일이잖아

하지만 숲도 하나의 사회라서(나무든 소년이든 뭐든
간에 복수가 문제다)
눈물을 짜내야 할 때가 종종 있었다 그럴 땐 1)눈·코·
입으로 즙이라는 글자를 쓴다고 생각하고 즙즙즙 세
번 쓴 뒤 2)도처에 널린 양파를 씹는다

양파는 너무 매워 그때부터
3)티얼스 앤 더 월드 앤 더 월드
숲이 세계가 되는 방식이 이렇다
양파가 너무 매우니까

양파→눈물→외유내유의 메커니즘

오토매틱 오토매틱
소년들은 오토매틱

양파 외 눈물 유 눈물 내 눈물 유 눈물 흘리면 자정이
온다 흘러가는 모든 것이 그렇듯이
　유가 두 개라서 무는 될 수가 없기에
　매일 반복되는 자정의 시간

　소년들은 자정 앞에서 오토매틱을 그러려니 할 수밖
에 없었는데
　서로가 눈물을 흘리는 것을 알아챌 수 없었기 때문

이다

　눈물은 빛을 받아야 반짝이거든 하지만
　소년은 다르지 소년은 자정의 빛을 볼 줄 아니까

　소년은 빛이 진짜 내리쬔다고 생각하고 빛빛빛, 빛빛
빛 되뇌었지 그러자
　빛빛빛이 진짜 내리쬐는 빛처럼 생겨 먹은 거야 빛
빛빛

　소년은 스포트라이트 받을 자격이 있다

*

빛빛빛 빛빛빛
소년

　그러자 소년은 눈물·숲이 너무 뻔한 거지, 눈물숲이
너무 이상한거야, 눈 물 숲 눈 물 숲 곡 롬 폰 곡 롬 폰

뒤집힌 세상에서 눈물은 오물

소년은 오물 범벅이 되었다

오물을 입고 오물오물 노래를 하는 것이 소년의 자정

이고

노래는 곡물이 된다 이것이

소년들이 마지막 수확을 거두는 방식이다

인생은 금물 함부로 태어나지 마☠

☠ 언니네 이발관, 보통의 존재. 소년이 가장 바라는 복수.

Vertigo*

횡단을 하기로 했습니다 눈 감고 나만 따라와요, 당신
의 부드러운 머릿결을 쥐고 뒤꽁무니를 따라가면

손가락 사이로 스르르 빠져나가는 어제들

나는 과거가 없는 사람입니다 당신과 나는 모르는 사
이입니다

당신은 부를수록 옅어지는 이름을 가졌고

누군가 나를 당신의 이름으로 부르면

사이즈가 맞지 않는 신발을 신고

전생을 살아가는 기분이 듭니다

나의 체온이 무색하게

당신은 뜨거운 피를 지녔고

모래에 발목을 담그고 졸고 있는

낙타의 등뼈를 입에 넣고 굴립니다

낙타의 뼈를 지니면 복이 많이 들어온다고 했던가요

나의 것은 없습니다, 어느 것도

당신의 이름이 내 것인 것 같다가도 눈을 뜨면

산산조각 나는 뼈

당신은 분명 서 있는데 나는 왜 물구나무를

* 비행 착시 현상. 자신과 비행기의 자세를 착각하여, 바다 위를 비행할 때 바다를 하늘로 착각하고 바다로 뛰어들거나 거꾸로 비행한다.

71

소각장

사라져야 한다면 우리가 서 있는 이곳에서부터

얼음이 녹는다 밖은 여전히 춥고
알몸의 우리
얼음에게 체온을 나눠 주는 것이 미워하는 마음이라
생각하고
바닥에 드러누워 사람들의 정수리를 헤아리는 것이
이해의 전부인 줄 안다

형체를 알아볼 수 없는 현수막이 휘날리면
우리를 읽어 주세요
옹알이하며 운동화 뒤축을 꺾어 신고
착한 아이가 될게요
앵벌이를 하면

그때부터 세계는 흑백텔레비전
어른들은 무성영화를 사랑하지
어머니 아버지 우리를 손에 끼고 구연동화를 해 주

세요

　우리에겐 노래가 없으니
　목소리를 꿈꾸지 않겠습니다

　연필 뒤에 달린 지우개를 씹으면
　깨끗한 사람이 될 수 있을 것만 같았지

　우리는 우리의 수많은 방청객

　손을 잡아 주세요
　온도계가 터지면
　수은으로 가득 찬 어항에서
　예쁜 관상어가 될게요

　바람이 불면 커튼이 흔들리고
　부풀어 오르는 거미줄, 우리의 손금,
　쉽게 떠오르지 않는 어머니 아버지

무단투기 금지

그런데 왜 우리를

3부
부드러운 악과 조용한 선

터닝 포인트

두 사람이 내게 방향을 물었다 나는 등을 돌렸다
그들은 나를 등지고 걸어갔다

나는 양을 치고 있었다 양 한 마리 두 마리… 열 마
리까지 세다 그만두었다 내가 가진 손가락이 그게 전
부여서

가진 것 이상을 탐내지 않기로 했다 덕분에 울타리
는 견고했다

열 마리의 양이 내 앞을 왔다 갔다 했다 그중 한 마리
가 유독 어리고 하얘서 시선을 사로잡았다 흰 양은 내
앞에 가만히 엎드렸다 미동도 없이

눈을 뜨고 있었는데 잠에 빠진 것 같았다
나는 다른 양들을 울타리 쪽으로 몰았다 새하얀 양
은 홀로 빛났다

땀이 턱을 타고 흘렀다 손등으로 훔치자 꼭 눈물 같
았다
　저 멀리서 한 사람이 돌아오고 있었다 양들이 울기
시작했다

　모두가 한 방향으로

　움직였다
　나도 무리 속에서 내 본분을 지켜 가며 울었다

　그는 처음부터 혼자였다는 듯이 걸어왔다
　울타리를 넘어

　어떤 순간이 찾아오고 있었다

　홀로 빛나는 양
　문득 늦은 창피

집으로 돌아와 잠이 들었다

지그재그일 거라고

창밖에서 누군가 서성거린다. 나를 찾는 것 같은데

방 안은 이미 충분한 백야다. 계절이 계절로 흘러내리는 곳에서 나는 미동도 없이 잠에 빠져 있다. 어제의 나는 방을 새로 도배했고

누군가가 문을 두드린다.

천장에 박아 둔 죽은 새의 빛나는 눈, 나는 두 눈을 갖고도 쓸 줄을 모른다. 눈이 먼 채로 너무 오래 잠들어 있었고

문을 열어 주어야 할까? 외투를 입으며 고민을 해 봅시다. 나는 자문을 즐겨 하지만, 답을 원하지는 않는다. 들을 사람이 없으니 어제의 내가 듣는다. 소문이란 정작 필요한 사람에겐 들리지 않는 법이고

창밖의 누군가는 창에 얼굴을 가까이 대고 안을 들

여다본다. 나는 어쩔 줄 몰라 가슴팍에서 왈칵 새 떼를
쏟는다. 이곳의 풍경은 나의 눈에만 보인다.

/\\/\//\//\/\/\/\/\//\\///

누군가가 창에 그린 지그재그
목적 없는 새들의 발자국과
심장 박동

닮았다. 누군가는 나를 잘 알고 있는 것 같다.
그렇게 믿는다. 그런데

뭔가 이상하다. 나는 여전히 다리로만 걷는다.

믿음은 드라마틱할 것이라는 믿음이
나를 걷게 만들고 잠들게 만든다.

텅 빈 창밖, 누군가는 언제나 떠난다.

창의 안쪽에서 지그재그를 따라 그리면
먼 미래에 내가 어떻게 늙어 갈지 알 것만 같고

누군가는 내가 된다. 새의 갈비뼈로 또 다른 누군가
를 만든다.

이상하다고 말하면 너무 아까운데……
잠꼬대를 중얼거리는 내 앞에서
나의 미래가 이상하리만치 아깝다고 생각하며

누군가는 다시 새를 줍는다.
언제든 다시 쏟아내기 위해서.

누구나 자신과의 약속이 하나씩은 있지만
약속은 깨라고 있는 것,
이 방의 작은 신은 알고 있다.

새의 창백한 날개뼈와

한 방향으로 향해 있는 깃털과
다리 없는 걸음,
내 가슴팍의 새 무덤이

믿게 만든다.
갑자기 종교가 생긴다면

철로를 베고 누우면

당신이 보인다 당신은 볕을 품고 있었는데 주변에 먼지 포자가 한가득이었다 자꾸 부푸는 당신을 보면서 나는 왜 가슴팍을 쥐어뜯었는지

그건 저 멀리서 달려오는 기차만이 알겠지 절대 열리지 않는 창문을 가지고서 잘도 커튼을 펄럭거리는 저 기차가

내 목 위로 지나가면 좋겠다고 철로를 베고 누워 등 뒤로 느껴지는 자갈의 생김새를 더듬으면 당신을 이해할 수 있을 것 같다가도 알 수 없어지고

침을 삼킨다 죽을 때를 아는 건

저 기차, 먼지를 발생시키는 저 기차 멈출 줄 모르고 기꺼이 먼지가 되려는
당신과, 어떻게든 살아 보겠다고 하늘의 구름을 점치고 있는 나와

돌덩이, 철로 아래에 나의 삶에 끝없이 펼쳐져 있는 저 돌덩이뿐이라고

건너편 오두막에선 수박을 갈라 먹는 아이들이 있고

어쩜 울타리 없이 잘도 쑥쑥 크는구나, 부럽다, 생각하고 마는 것이다 당신의 이름을 부르고 싶은데 그러면 목은 기찻길이 될 테고

그 목 위로 아주 긴 당신이 기어갈 테지 나는 나로도 벅찬데 당신의 인생이 나에게 기어오르면 그땐 어떡해야 하지 주먹을 꽉 쥐자

어디선가 시체 타는 냄새

우리 집은 대문이 없었어 암호는 있었는데 누구나 쉽게 풀 수 있었지 아주 좋은 전시장이야, 사각형의 공간에서 나이를 먹을수록 나는 점점 작아졌는데

웃음소리, 듣기 좋구나 저 아이들은 잘도 자랄 것이
다 수박을 잘 먹는 어른으로 내가 모르는 뒤를 무서워
하지 않는 어른으로

아이들이 수박을 뚝뚝 흘린 채 당신을 가리키며 외
친다

저기에서 무언가가 불타고 있어 저기에서 무언가가
불타고 있어

애들아, 저건
우리 집이거든

철로를 베고 누우면 가장 잘 보이는 집
누웠을 때야 솟아 있는 것처럼 간신히 보이는 집

기차가 달려오고 있다

불타고 있는 먼지를 끌어안고
목에 절취선이 있다면 좋겠다
마음먹었을 때 똑 떼어 버릴 수 있게
생각하다가 당신에게 속삭이는 것이다

탈선을 기대하지 마

다큐멘터리

불을 지르고 미화를 할 수도 있을 것이다
나쁜 것들은 다 태워 버려야 한다고

"비는 밖에서 내리는데 왜 거울 안이 젖는 걸까?"

양면 색종이가 열리는 나무가 있고
나를 오려내며 네가 묻는다
나는 답을 알지만

이것들은 배치에 관한 문제이므로

키스 대신 하이파이브를 한다
너를 생각하는 것만으로도 익어 가는 손
네 손에선 눅눅한 커튼 냄새가 나지

건조대의 빨래가 마르지 않는다
그래서 나는 이 세상의 모든 수건을 훔치는 것이다
내 몸이 섬유질 텍스처였으면 하는 마음으로

너는 자꾸만 젖어 가니까

어쩌면 위치의 문제일 수도 있겠다

밖으로 나와 보렴
네 이름을 정확하게 발음하는 방법을 알려 줄게
자기소개를 해 보자

"나는 잘 곳이 있어"

너의 세상은 생각보다 씩씩하구나
애써 나쁜 마음을 미화해서 내뱉으면
나는 호흡이 조금 가빠질 뿐이고

"깨끗한 사람이 좋아"

곰팡이가 번식하는 것을 밤이라고 부르는 나는
표백제를 온몸에 들이부으며

떠올리는 것이다
종착역임에도 버스에서 내리지 않는 사람의 목덜미
같은

희고
나쁜 것,
예를 들면
한낮에

토사물을 주워 먹는, 발이 잘린
날개가 없는 흰 비둘기

"그런데도 새야?"

오케이, 컷

시간은 관계를 잘도 훔쳐 가고
어느덧 너는 무럭무럭 자라서 우리가 된다

거울은 깨져도 거울
미화는 하지 않기로 한다
드디어 너와 키스를 하면 느껴지는
토사물 맛

지키의 농구

지키는 혼자 걷는 것을 매우 좋아했는데
그것은 주변에 사람이 많을 때만 유효했다
혼자일 때 걷는 것은 낭비였으므로

지키는 서 있었다 사람들은 모두 선을 잘 지켰고
넘어오는 법이 없었다 지키는 이유를 몰랐다 그저

가만히 있었다
그런 지키의 발끝에 공 하나가 닿았다
농구공이었고
지키는 몇 명이 필요한지 잘 몰라서 일단 뛰었다
공이 튀는 방향으로

직사각형의 코트를 한 바퀴 다 돌고 난 뒤
사각형은 선을 긋기 좋은 모양이라고 지키는 생각
했다
무언가를 가두기 참 좋다고

공은 지키의 생각을 이해하려는 시도조차 하지 않고
맘대로 튀었다 공의 낭비벽

지키는 그저 공을 따라다녔다
공에게도 숨결이 있다면 그건 탄성일 거라고
그러자 공이 생물처럼 느껴졌다

지키는 걸었다
공과 함께
지키는 가드를 서는 것에는 영 자신이 없었고
공은 상관없다는 듯 선 위를 걸었다 양치기의 개처럼
보폭을 낮추고 아주 가볍게

선 안에서
지키는 많은 생각을 했다 보호받는 기분이라는 게 이
런 걸까
이 사각형이 내 심장의 윤곽이라면

공은 비웃었다 통통거리며 선 안과 밖을 넘나들며
지키는 공의 움직임을 흉내 내고 싶어서 몸을 동그랗게 말았는데
흡사 유적 같았다 아주 오래된

공은 웃었다 지키를 향해서
지키는 때를 기다렸다 기다리면 언젠가는 올 것 같았다
희망이라는 건 그런 모양이었다 둥근 공
하지만 사실은 코트를 닮았지
뾰족한 모서리

지키는 잘 몰랐다 어쩌면
모르는 척한 것일지도 모른다고 스스로를 회의했으나
신은 회의와 믿음을 동시에 주었고
공은 곧잘 걸었다 지키는 그렇게 믿었다

골대가 펄럭였다
지키의 세계에서
유일한 배신자 지키는
자신이 유일한 신앙자라고 믿었다
공이었다

지키가
튀어 올랐다

골—인!

지키는 탄성이 없었지만 골대에 잘 들어가는 골격을
지녔고

아주 오랫동안 튀어 올랐다
제자리에서

갓 울음을 터트린 아이같이

머그샷

검푸른 까마귀 까뮈는 장마철에만 나타난다. 나는 그를 단번에 알아볼 수 있다. 까마귀 중에서 가장 크고(거의 들개와 맞먹는다) 희번뜩한 눈을 가졌고(호박색 보석 같다) 날지 못하기 때문에(이건 나도 마찬가지). 하지만 날개를 활짝 펼칠 줄 안다. 날개를 펼치며 걸을 때 마귀의 망토가 펄럭이는 것처럼 보인다고들 하는데(나는 마귀를 본 적이 없고 이방인은 읽었다), 그것과 무관하게 창문 밖에는 전봇대가 무성하다. 전깃줄 위에 까마귀들이 저마다의 높낮이로 앉아 있다. 비가 쏟아질 때 창문 밖을 보면 거대한 악보 같다. 블루스도 아니고 재즈도 아니고 lo-fi에 좀 더 가까운 듯한데(까마귀들의 음표와 빗소리는 확실히 내겐 음악은 아니다) 까뮈는 그 풍경의 가장 중심에서, 땅에 홀로 서 있다. 장마가 시작될 때 까뮈는 낯선 자가 거리를 배회하는 것처럼 천천히 걸어서 창문의 정중앙에 자리한다. 날개를 펼치면 비의 시작이다. 쏟아지는 빗속에서 까뮈는 눈을 감는다(까마귀의 눈감음이 퍽 감미롭다 음악을 아는 자인 게 분명하다). 동이 트고 아침이 와도 밖은 컴컴하고 불현듯 빛이 느껴져 고개를 들면 번쩍이는 까뮈의 안광(그는 나를 응시한다). 나는 창문을 통해 그를 바라본다. 그는 창문 따위를 신경 쓰지 않는다. 오직 나를 본다. 나는 슬그머니 눈 감는다(나는 나의 범인이다). 누가 저자를 까마귀라 하는가?

동심원

백야의 숲이다. 우리는 서로가 어디에서 왔는지 모른다. 텐트를 쳐야 할 때는 안다. 새의 지저귐이 멎을 때, 한 사람이 텐트를 치고서 대문처럼 멀뚱히 서 있다. 다른 사람은 장작더미를 세운다. 불은 붙이지 않는다. 우리는 안으로 돌아갈 수 없다. 우리는 장작 주변에 둘러앉는다. 모두 말이 없다. 텐트 앞에 서 있던 사람이 손수건을 꺼내어 앉은 자들 주변을 서성거린다. 등을 보이던 한 사람이 빙그르르 몸을 돌린다. 원이 완성되고 있다. 수건은 여전히 한 사람의 손에 있다. 술래가 되는 건 이토록 쉽다. 한 사람이 재채기를 한다. 옆 사람이 눈물을 흘린다. 사방에 송홧가루가 흩날리고 있다. 모두가 훌쩍인다. 수건을 쥔 그는 우리 주변을 하염없이 맴돈다. 하늘은 여전히 밝으므로 시간은 희미하다. 우리는 서로의 눈을 피한다. 눈과 코가 붉어진다. 송홧가루가 우리를 타고 번진다. 적막이 흐르고 저마다 떠올리는 사람은 제각각이지만 모두가 같은 마음이다. 술래의 손에 수건이 없다. 누군가의 등 뒤에 작은 그림자가 생긴다. 누군가는 낌새를 모른다. 누군가의 뒤는 깜깜하다. 누군가는 무게를 모른다. 맴도는 자는 계속 맴돈다. 수건은 손에 쥐면 가볍고 땅에 내려놓으면 무겁다. 앉아 있는 사람들은 맨땅에 익숙해진다. 수건의 행방을 궁금해하지 않는다. 수건은 오직 하나다. 원이 깨지지 않는다. 누군가는 계속 맴돌아야 하는데 흐느낌 속에서 수건이 젖지 않는다.

총을 뽑아 들기 직전의 카우보이와 뒤돌기 직전의 나 사이에는 무엇이

같고 다른지 알려면 우선 본능적으로 오류를 범하는 것에 대해 고민을 해 봐야 해 가령 어느 총기 가게에 손님이 70불짜리 샷건을 사면서 100불짜리 여행자 수표를 건넸는데 잔돈이 없었던 주인은 옆집 패스트푸드 가게에서 현금으로 바꿔 손님에게 30불을 거슬러 주었어 그런데 다음 날 옆집에서 위조 수표라며 환불을 요구하기에 무기상은 100불을 다시 돌려주었지 그러면 무기상은 얼마를 손해 본 것일까?

비밥은 내 질문에 대답하지 않고 총알들을 매만지며 죽음이 다정하게 우릴 지켜보고 있다네, 목을 축일 수 있을 때 축여 둬 중얼대다 압생트를 홀짝인다 그러더니 총알을 손에 쥐고선 홀? 짝? 묻는데

너는 손해에 관심이 없구나, 그렇다면 날씨에 대해서도 마찬가지겠지 내일 비가 올 것 같으니 나는 홀로 하겠어 비밥은 웃으며 손바닥을 펴 보인다 아무것도 없다 비밥은 재킷의 깃을 세운다 빳빳한 가죽 냄새 비밥, 내

가 우비를 준비해 뒀어

비밥은 총을 챙겨 자리에서 일어난다 내게 필요한 건 많은 총알과 더 많은 표적뿐이라네, 친구

입안에 총구를 넣고 굴리듯 친구라는 말이 까끌거린다 다트라도 하자구 내 말에 비밥은 다트판에 총구를 겨눈다 이봐, 다트판은 다트를 위한 거라고! 친구, 자네는 가위바위보가 손을 위한 게임이라고 말하는 것 같군

비밥은 빛이 드는 창문에 대고 양손을 펼쳐 보인다 나비 모양이다 길게 늘어지는 그림자 비밥은 그림자의 길이를 가늠한다 나는 엄지와 검지를 붙이고 나머지 세 손가락을 둥글게 말아 늑대를 만든다 내가 이겼다! 이제 곧 해가 지겠군, 나는 떠나겠네 모자를 푹 눌러쓴 비밥의 얼굴에 진 그늘이 퍽 쓸쓸해 보인다

나는 다 쓴 탄피를 빼낼 때마다 탄피가 바닥에 떨어

지는 모양을 보며 미래를 점치곤 한다 나는 비밥과 내가
어떠한 관계도 될 수 없음을 안다

내 뒤에 걸려 있는 총구는 모두 바닥을 향해 있다 비
밥이 몸을 돌려 문으로 향하기 전에 내가 먼저 등 돌린
다 비밥의 뒷모습에 흐르는 것이 언제나 내 안에 찰랑거
려서

문이 열리고 닫히는 소리가 나지 않는다 모든 다트와
총기는 내 앞에 있는데 단 하나의 총알이 비밥의 손에
있다

🐮 카우보이 비밥은 두려웠던 것 같다. 두려워하지 않는다면 죽음
은 단지 다정하게 지켜보고 있을 뿐이라며 두려워하지 말라 되뇌었
는데, 내가 챙겨 둔 우비가 사라졌다. 이것은 누가 더 손해인가?

윈터 블루스

계절이 바뀌고 있었다. 어떻게 바뀌든지 나는 상관없었지만 너는 조금 달랐다. 너는 입맛이 까다롭고 앵무새를 키우니까

우리는 아침마다 장터로 향했다. 밥은 먹어야 하잖아. 그래서 팔았다. 거짓을. 마을 사람들은 대부분 선수 출신이었다. 눈 가리고 아웅 하기 대회. 우리의 장터는 언제나 시끌벅적했다. 나는 판매에 영 자신이 없었고 너는 괜찮다고, 요즘 세상에서 진심은 팔리지 않는다고 나를 다독였다. 너는 타고난 세일즈맨이었고 매출은 늘 좋은 편이었다.

가을 타나 봐. 네가 한 말이 가장 잘 팔리는 것이 되었다. 못 이기는 척 나도 샀다. 그러자 매캐한 연기

속에서 말들이 돌았다. 탄대요, 가을을. 타나 봐, 가을이. 모두가 같은 말을 하면서 다르게 말했다. 말들은 돌고 돌았고 장터는 언제나 번성했다. 너는 금방 부유

해졌고 더 이상 입맛이 까다롭지 않게 되었다. 나는 가
난했다.

앵무새의 목소리를 훔쳤어. 내가 말했다. 그 뒤로 나
는 마을에서 유일하게 거짓말쟁이가 되었다. 정말로 나
하나뿐이었다. 잘했어. 너는 나를 쓰다듬었다.

연기가 자욱한 풍경 속에서 온도를 찾았다. 보온병에
담긴 물의 온도를 알아보려고 손가락을 넣어 보는 것처
럼 풍경을 헤집고 다녔다. 늘 뿌옇고, 종잡을 수 없고, 그
래서 아무것도 볼 수 없었다. 이것이 마을 사람들의 겨
울이었다.

내가 말이 쉬웠어, 미안해. 장터에서 아무것도 팔지
못한 날 네가 나에게 말했다. 나는 넙죽 받아먹었다. 아
주 흡족했다. 앞으로 쑥쑥 자라겠군. 나의 미래가 예측
된다는 것은 즐거운 일이었다. 너는 맛을 잘 알았고 나
는 배가 고파서

미안해. 미안하다니까. 미안하다고. 미안하지?

수많은 미안이 떠도는데
앵무새는 말이 없었다.
어려웠다.

실어증을 앓는 앵무새는 긴 잠에 빠졌다.
그 옆에 내가 있었다.

요리사 사티

숨은 붙어 있는데 죽은 것 같아요

생선을 토막 내던 사티가 말했다
이봐, 하나의 순간에 두 가지 생각은 있을 수가 없어

하지만 사티는 끓는 물에 토마토를 넣으며
생토마토와 익은 토마토의 식감을 생각했다
물이 끓는 순간에 사티는 어느 쪽의 식감을 좋아하
는지 항상 고민했는데
그건 토마토를 일단 넣어 봐야 아는 문제였다
토마토가 어느 쪽으로든 변했다는 것을 알고 나서야
취향을 알 수 있는 법이니까

내장 빼고는 다 버릴까요? 전 뼈가 좋긴 하지만…
뼈가 만져지는 것마냥 비늘을 손질하는 조수의 손길
을 보며 사티는
좋으면 욕심이 생기니까 그럴 수 있다고
하지만 뼈를 보지 않았는데 판단하는 건 섣부르다고

생각했다

　사티의 칼질이 거칠어졌다 탁 탁 탁 소리가
　콩알탄이 터지는 소리 같았고 사티는 자신이 화가 났
다는 걸 알아챘다
　당연하다, 싫으면 화가 나는 건
　그런데 뭐가?

　내장만 덩그러니 남은 생선은 이 모든 게 좋지도 싫지
도 않아 보였다

　사티는 칼을 놓고 화구 앞에 서서
　끓는 스튜를 바라보았다
　조수도 옆에 서서 스튜를 바라보았다

　이대로 두면 토마토는 가라앉고 스튜는 맑아질 것
이다

사티는
내장을 쏟아 넣었다

잘 저어 주지 않으면 안 돼
사티는 국자를 쥐는 것까지는 잘했지만

스튜를 휘휘 젓는 건 누군가의 몫이었다

신앙

쉽게 끊어지는 개미의 다리

믿음이란 그런 것이다
손끝으로 눌러 죽인 개미들, 쉽게 터지는
끝없이 쌓아 무덤을 만들고
그 속에 들어가 누워서
몸 위로 개미들이 기어 다닌다고 느끼는 것

통속적인 여름이 오고 있다
너는 물개의 피부를 지녔지
미끄러지는 손끝
썩어 가는 송곳니

죽이는 건 다 내 몫이야

태양 아래서
우리는 서로의 손마디를 만지작거리다
손깍지를 낀 채로

조금씩 멀어지는 것이다
기도하는 마음으로

조금 더 잘 실패하기 위해서

우리는 언젠가 인사를 나누게 될 거야
썩은 이빨을 교환하며
그때에 서로의 이름을 불러 주자

여전히 우리의 미래가 말라 가고 있다
입안에서 퍼석거리는 한 움큼의 모래알
씹히는 다리

내 장기는 너무나 멀쩡히 뛰고 있고
나는 자주 아프다
촉촉이 젖은 목덜미

잡아 봐 나의 덜미를 내어 줄게

읽는다
여전하다를 영원하다고
믿는다

주사위의 일곱 번째 면†

> 에로즈 셀라비와 나는
> 말을 우아하게 하는 에스키모인들의 멍을 피한다
> ―마르셀 뒤샹

신은 주사위 놀이를 하지 않지만 우연을 가장하는 것은 잘한다 가령 움직이지 않는 것들 사이에서 움직이는 것을 찾아다닐 때

녹색 상자 안의 고양이를 볼 수 있다거나 쇼윈도에 비친 죽은 개와 함께 걷는 나를 발견한다거나

그렇다면 이것은 필연이다 나를 일곱 조각으로 나눌 수 있는 것, 그중 마지막 조각은 영원히 안식을 갖는 것, 나는 그것을 볼 수도 가질 수도 없는 것

그럼 이건 우연일까? 겨울이고, 눈이 내리는데 사계절을 맨몸으로 통과한 내가 여전히 움직이고 있는 건……

상자 위에 눈이 쌓인다 고양이가 운다 아주 우아한 프랑스어를 구사하며 베르에 블랑, 그 둘을 합치면 검은 색이 되는 세상에서 신은 표면의 빛깔로 얼마나 많은 색을 오독하는지 나는 그것만은 피할 거라고 다짐하며

건너온 어느 계절엔 내내 축제였다 아직도 옆 동네에서는 신나는 잔치가, 울면서 춤추는 이상한 파티예요 고양이가 유창하게 말했고 잔치와 파티는 얼마나 같고 얼마나 다른 말인지 헤아린다 한없이 늘어나는 고양이의 등을 매만지며

나도 한없이 유연해지는 것이다 고양이의 척추를 쓰다듬다 보면 부드러운 악과 조용한 선을 볼 수도 가질 수도……

여전히 눈이 내리고, 죽은 개의 발소리가 눈 내리는 소리와 같을 때

죽은 개의 가죽과 털이 투명해 보이고
그게 꼭 미래 같고

우연을 가장한 채 미완성으로 남기
비치는 난 언제나 초면이어야 해

♔ 미완성의 정점. 완성되지 않아서 무한하니, 난 내가 원하는 인간
을 만들 거야.

리사이클

거리의 모든 비둘기가 나를 쳐다본다

괜찮아, 난 무대 체질이거든
트루먼쇼는 너무 진부하고 댄싱홀은 너무 가벼워

일단은 걸었다, 배우지 않고도 잘할 수 있는 일이다
비둘기들도 나를 따라 걷는다, 발도 없이
시선은 여전하고

웅덩이에 빠지자 움직일 수 없다 익숙하다 집 같다

배경부터 세워 본다, 언젠가 내가 밟아 죽인 것들을
잘 매만진 뒤
　가장 밝은 날씨를 불러오면 어둠이 따라온다, 이것은
하나의 기우 또는 우기

　어느 것이어도 상관없다

귀신은 시계 초침 소리를 잘 내고 시간은 계속 흐르
니까

→

이것은 근육의 기억이다 맴을 돌아야 해

↖

13층에서 춤을 추는 건 어떤 기분이지
나는 한 번도 땅에 발붙여 본 적 없는 사람처럼 생각
한다
시계 초침 소리 쏟아지고

폭우

발이 어색해 허공을 품는다
인간은 직립 보행을 한다, 지겹다
나는 법을 가르치기 위해 어미 새는 둥지 바깥으로
새끼를 밀친다는데

교육이란 언제나 제법 그럴싸하다

나는 바깥의 너머로 언저리의 언저리로 가닿으려고
딱 한 번 불을 지른 적이 있다

날 태운 재는 발밑에 깔리고
신경만이 살아남아서

팬데믹

   벽을 보고 있는 의자들. 우리는 의자에 앉는다. 방에
는 티브이와 창문과 문이 있고

   의자에 앉으면 생각을 할 수 있다. 앉아서 몸을 흔들
면 흔들의자가 된다. 창문으로 날아들어 머리를 박는 새
들의

   날개를 자른다. 문으로는 언제든 나갈 수 있다. 새가
씨앗을 물고 오는 것은 고전적이지만 우리는 씨앗을 입
에 물고 고여 있기로 한다. 창 너머

   길들이 흩어졌다 다시 모인다. 회전목마가 개선문에
매달려 있다. 그 아래 눈사람이 서 있다. 우리는 눈물을
흘린다. 말라비틀어진 딱풀의 점성. 창문은 반듯한 사각
형이고

   모서리에서 풍경이 쏟아진다. 티브이에서 타국의 뉴
스가 흘러나온다. 왜 자꾸 우는 거니. 지긋지긋하게. 발

소리가 가까워진다. 문은 열리지 않는다. 방 안의 티브이 불빛이

얼굴을 밝히지만 이것이 유일한 빛은 아니다. 우린 어떻게 될까? 같이 배워 보자. 땅이 흔들린다. 이건 꿈보다 더 나빠. 저마다의 방식으로 망가진다.

지구는 여전히 푸르고. 나는 하지 않았던 일을 사죄한다. 보이는 것보다 가까이 있다. 언제나 열려 있는 대문. 빈혈증을 앓는다.

4부

마음은 플랑크톤

슬픔은 화분의 자세로

그가 화분을 두고 갔다 우리는 함께 밥을 먹은 적이 없는데 식구라고 불리고 그의 화분은 나의 것이 아니다 그럼에도

내 방에 자리 잡고 있는 화분이 뻔뻔해서 물도 주지 않는데 식물이 조금씩 자라는 게 거슬려서

자세를 기른다 괴로운 식물을 두고 간 이유가 뭘까 이해하려면 상대가 되어 보면 된다 그렇게 정물의 자세로 한 철 걷기의 마음으로 앓으며 한 뼘

지내다 보니 어느덧 화분이 내 손에 들려 있다 도통 알 수가 없어서 더 이상 주변에 두고 싶지 않다 가까이서 본 화분은 통통하다 잎에 무언가 흐르고 있다 그와 나에게도 같이 흐르는 게 있었는데

그는 이미 먼 바깥이다 흐르는 것은 오직 나뿐이고 화분의 바깥을 생각하며 화분과 집을 나선다 흙이 있

는 가까운 곳으로 걷다 보니 놀이터 앞

모래가 없다 빈 시소에 올라타자 반대편이 우뚝 솟는
다 스프링을 단 작은 말이 홀로 통통거린다 사람이 없어
도 가로등은 밝다 무언가를 비춰야 한다는 강박이 있는
것처럼

입안이 까끌거린다 화분이 무겁다 가로등 빛 반짝거
리며 미끄럼틀 위를 흘러내리고 모래에서 빛나는 형광
색 총알을 찾던 시절과 철봉 밑을 파다 동전을 주우면
그게 세상의 전리품이었던 나날들이

반대편 시소 위에 올라타 있다 반대편은 한없이 가
볍다 옛날에는 엉덩이 밑에 타이어가 있었는데 지금은
없고

어디로 갔을까 힘을 주는 만큼 꺼졌던, 꺼지면서도
나를 다시 위로 밀어 올리던 그 힘이

바람이 부는데 땅이 흩날리지 않는다 화분의 잎사귀
만이 바람을 탄다 화분에서 손을 떼고 허공을 향해 손
바닥을 쫙 펼쳐 보인다

　펼친 손을 접어 봐도 떠날 사람은 떠나야 한다는 것
을 안다

　화분은 깨지지도 않고 홀로 데굴데굴 잘도 구르고

　변함없이 화분은 그의 것이길 바란다 내가 아무리 자
세를 길러도 그것은 자세일 뿐인 것처럼 텅 빈 놀이터
매미 우는 소리 우렁차고

　매미는 한 철만 운다

평화와 평화

조도와 습도가 일정한 식물원을 당신과 걷는다 하나의 품종만이 심어진 온실 하우스는 고요하고 징그럽다 당신은 알 수 없는 노래를 흥얼거리며 나를 앞서 걷는다 나는 모르고 당신은 아는 말들 속에서 등을 보이며 걷는 당신의 뒷모습은 아름답고 엉망진창

식물원 밖은 고요하다 형체를 알 수 없는 석상과 이름 모를 식물들 우리는 걸음을 멈추고 석상 앞에 선다 거대한 그림자 속에서 우리는 검다 순식간에 해가 지고 사위가 어두워진다

한 치 앞도 보이지 않는 어둠 속에서 당신은 자꾸 앞에 무엇인가가 있다고 말한다 나는 뒤에 무엇인가가 있는 것 같은데 당신은 저게 무엇이냐고 내게 묻는다 밤눈이 어두운 당신을 위해 플래시를 켜고 걷는다 한 발짝 나아가면 한 발짝 밝다

무엇이 보여요? 그저 밝고 텅 비어 있는데 나는 무엇

이라도 말해야만 할 것 같은 충동을 느낀다 뒤를 돌아
보니 그림자가 있다 무섭도록 닮은 두 개의 그림자가 나
란하게

　나는 당신을 위해 한 발짝 앞서 걷는다 두렵군요? 당
신이 걸음을 멈춘다 나는 앞의 무엇을 향해 걷는다 빛
이 걸음을 만들면서 걸음이 길을 만드는 것을 보면서 그
러다 문득 내가 놓친 뒤가 신경 쓰이고

　뒤를 돌아본다 당신에게 플래시 빛이 향한다 당신은
무릎을 꿇고 있다 그 모습은 영락없는 토르소 빛이 너
무 강렬해서 아주 텅 비어 있어서 당신의 표정을 읽을
수 없고

　당신의 앞에 내가 서 있다
　비로소 평화롭다

　내가 안녕이라 말하면 당신은 안녕이라 말한다

라온빌

우리는 작은 목소리로 대화를 이어 나간다 셋에서 안
정감을 느끼는 나는 언제나 우리를 셋으로 규정하고 마
주 보며 둘러앉은 우리는 애매한 도형의 모양

우리는 서로의 꼭짓점이 될 수 있었지만 나는 그 어
떤 점도 아니길 바랐다

음악을 튼다 플레이리스트에 서로의 음악이 섞인다
우리의 취향이 내 것이 될 때 휴지통은 쓸쓸함으로 가
득 차고

나는 혼잣말을 많이 하는 사람 나를 표현할 수 있는
서술어는 항상 부족하지 그래서 나는 우리의 세상에서
많은 단어들을 훔치고

속닥거림 속에서 단 하나의 문장도 놓치지 않는다 나
는 모두를 믿어 말하자 하나가 맹목은 불신과 같다고
둘은 믿음이 있다면 회의도 있는 것이라 말하고

순식간에 투명해지는 귀 보드라운 속삭임과 부드러
워를 부끄러워로 발음하는 겨울

해가 지면 창문을 닫는다 그 무엇도 내 공간에 들어
오지 않았으면 좋겠어 하지만 집 앞 난간은 위태롭고 지
금 이 공간엔 하나 둘 셋 암전

밤이 되면 풍경도 같이 짙어진다 시간은 나의 편에서
흐른 적 없고 하나는 창문에 얼룩이 많다고 둘은 창에
비친 우리를 보라고

바깥에서 우리를 바라보는 사람들은 우리를 얼룩으
로 볼까

하나둘 잠에 빠지고
뒤늦게 터지는 상한 울음

나는 모두를 사랑한다 사랑은 오래 참는 것 잠든 사

람의 손은 말랑하고 따뜻하다 온도를 느낄 수 있어 다
행이지만

온혈동물의 감각이 나를 미숙하게 만든다

제이에게

보이는 그대로 믿고 싶은 순간들을 뭉쳐 놓으면 너였
다 순간과 기분은 이름을 붙일 때야 비로소 명확해지고
너는 이름이 있지만 불투명한 아이

아무 소리도 내지 않고 웃는 아이야
서로의 체온으로 눈물을 말려 주면서
손을 잡고 하염없이 거리를 걷고 싶었는데

어딘가에서 너는 나를 잊은 채로 살아가고 있을까
나는 여전히 네 뒤통수를 쓰다듬을 때의 촉감을 기
억해

너의 한숨이 나의 체온보다 따뜻할 때
네가 어떤 표정을 짓는지 너는 모르니까
내가 비춰 주고 싶어서 네 표정을 흉내 내 보기도
했지

손이 작은 아이야

감당할 수 없는 손금을 쥐고 있던 손이 작은 아이
우리 함께 나눠 쥐자고 말하고 싶었는데
잦은 지각

제게 필요한 건 그저 누울 수 있는 작은 방이에요

너는 입을 닫고도 말을 아주 잘했지
네 뒤통수만 봐도 나는 네가 무슨 말을 하는지 알아
챌 수 있었어
단단하지만 보드라운 너의 뒤통수를 보는 것만으로
도 간지러웠다, 맞아

나는 간지럼을 잘 타고 그건 너에게 약하다는 소리이
기도 하겠지

너의 작고 동그란 뒤통수
어떻게든 그 주변을 맴돌아 보려고 내가
무너지고 부서지는 걸

너는 알아채지도 보지도 못했겠지 너는 보지 않으면
믿지 않으니까

나는 너의 눈감음을 사랑한다 그것이 나의 믿음이다

재, 아직 불을 붙이지도 않았는데 다 타 버리고 사라
져 없는

재의 궤도를 따라 걷는 게 나의 일이라 생각하다
보면

너는 생각만으로 나를 나아가게 해

더 로스트 드라이브

트렁크가 닫히지 않는다. 짐을 너무 많이 싼 것 같다고 했잖아…… 뺄 게 어딨어? 우리는 늘 이런 식이다. 일단 로프로 대충 묶고 출발하자. 나는 못마땅하다.

지도를 펼치자 네가 인상을 쓴다. 요즘 누가 지도를 봐? 너는 길을 잘 안다. 운전대를 잡은 것은 너지만 조수석에 앉았으니 맡은 바 도리는 다해야 할 것 같아서 지도를 챙겼는데…….

지도에는 숲의 샛길만이 그려져 있다. 여기는 반듯한 도시고 매끄러운 도로뿐이다. 너는 능숙하게 차를 몬다. 우리가 가야 하는 방향은 이쪽이 아닌 것 같은데…….

백미러를 흘끗 쳐다본다. 우리가 지나온 길 위로 많은 것들이 떨어져 있다. 트렁크가 다 안 닫혔나 봐. 너는 말이 없다. 도로가 갑자기 울퉁불퉁해진다.

차 좀 세워 봐. 너는 액셀을 밟는다. 유리창에 돌이 튄

다. 창밖의 풍경이 직선으로 번진다. 어지러워……. 네가 급브레이크를 밟는다. 몸이 앞으로 쏠린다. 땅엔 우리의 짐이 군데군데 떨어져 있다. 하늘은 청명하다. 나는 차에서 내려 흘린 짐을 하나씩 줍는다.

차와 점점 멀어진다.

풍경은 천천히 흐른다. 떨어진 짐을 다 줍고 다시 차로 향한다. 걸어도 걸어도 차가 보이지 않는다.

나는 짐을 들고 길을 잃는다. 정처 없이 걷다가 짐을 내려놓고 숨을 돌린다. 황무지 저 멀리 너의 차가 보인다.

나는 짐을 두고 차로 향한다. 조수석에 올라탄다.

운전석에 네가 없다.

렌트

너와 나는 욕조에 나란히 누워 있다. 싸구려 입욕제는 거품을 만들다 순식간에 물에 녹아 사라지고

듬성듬성한 거품 속에서 우리는 같은 곳을 바라보고 있다. 반지는 물속에서 쉽게 빠지고 깊이를 모른 채 가라앉는다. 대리석 욕조는 빛을 받아 환하다. 우리는 손을 맞잡지 않는다.

네가 서서히 수면 아래로 드러눕는다. 아래는 고요할 것이다. 나는 욕조 밖으로 나간다.

물속에서 너는 무얼 바라보고 있을까.

우리는 같은 것을 이야기하지만 시선을 사용하는 방법이 달랐다. 너는 폭우를 소나기라고 말했고 나는 우박을 함박눈이라고 말했다.

통유리에 비치는 미끄러운 육체. 저 육체가 나의 몸

같지 않다. 비치는 것은 잡을 수 없다.

통유리 밖 야자수 듬성듬성 서 있고 누구의 발자국도 찍히지 않았지만 조금씩 결이 다른 모래사장과 매번 다른 모양으로 들이치는 파도가 있는 풍경으로

뛰쳐나가고 싶다. 수면 아래에 형체가 없다. 물은 여전히 잠잠하다. 유리에 비친 육체의 테두리 흐려지고

나는 욕조에 걸터앉는다. 미동 없는 수면에 손을 집어넣는다. 천천히 손으로 헤집으면

손가락 사이로 갈라지는 물결의 느낌이 네게 안녕이라 말하고 어깨에 얼굴을 파묻었을 때 같고

이곳의 바닥과 벽지, 천장은 모두 같은 패턴이다. 패턴은 언제나 반복된다. 모서리가 닳은 표정으로 유리에 비친 나의 알몸을 바라보며 너의 이름을 부르는 내

가 있고

　영원히 깨지지 않는 통유리가 있는 풍경을

　너의 그림자가 뒤덮는다. 내가 있는 이곳이 너무 환
하다.
　변한 게 없다. 모든 것이 제자리로 돌아간다.

우리의 오해는 영원히

눈이 내렸다 우리는 사막에서 하염없이 걷고 있었는
데 순식간에 쌓였다 허리께까지

정도를 모르는 것 같아 네가 주저앉으며 말했고

나는 조금씩 앞으로 나아갔다 모른다는 것의 확실함
과 아는 것의 희미함 사이에서

그만 가 모래알처럼 버석거리는 목소리로 너는 내 발
목을 잡았고 나는

무엇이든 혹사시켰다 잘 알려면 그래야 했다 나는 좀
더 가 볼게 눈을 헤치며 걷는데

눈은 녹지 않고 너는 자꾸만 가라앉고 내 발목은 닳
아 갔다

나아가는 몸짓 어쩌면 헤엄

쏟아지는 눈은 어느 부족의 언어와 같았고 생소한 설
원 위에서

가라앉는 물고기를 본 것도 같았다 머리에 큰 전구를
달고 눈이 퇴화한

나는 분명 눈을 뜨고 있었는데 아득했고

심해어의 아가미처럼 호흡하니 꿈의 바깥이었다 다
리 없는 걸음

발자국은 눈 위에서 잘도 녹고

귀신이 신체를 가지게 되었을 때를 생각하면 선명해
지는 것이다

죽은 가죽에 살을 맞댈 때의 슬픔이

설원 위를 부유하며

내 이름을 부르고 싶은데 입안에 너무 많은 모래

같이 춤출까?

어느새 나의 형체를 빼닮은 눈이 네 목소리로 말을 걸고

스텝을 밟자 영원히

혹사의 이름으로 나는 점점 투명해지고 너는 심해를 밝히고 있겠지 어렴풋이 생각하고

눈은 늪처럼

헤어 나올 수 없고 나는 눈처럼

쉴 새 없이 흔들리며 춤추는

우리를 잘 알았다

앙팡 테리블

0.
계단 위에 토마토가 있다고 믿으며

1.
보도를 횡단할 때는 좌우를 살펴야 한다는 교육이 지상에 있으면서 지상을 생각하게 만들죠 버젓이 존재하는 지하에게는 계단이 필요합니다 이해하지 않으려는 당신들의 이해는 필요 없고요 암기만이 답이라면 수학책을 외우세요 명쾌한 답이 즐비한 세계에서 숫자에게 날을 부여하면 불어나는 살생부 우리는 매일 밤 눈을 감으며 곱씹습니다 오늘에게 어제의 신체를 내어 줍니다, 이것이

우리에게 원숭이의 피가 흐르는 이유
어제에게 왜 과거형을 쓸 수 없는지 아직도 모르겠나요…

당신들과 우리들 모두 총을 잡으려고 했으니!

1.

캣콜링, 캣콜링, 한없이 가벼운 어조로, 스타카토, 침묵으로, 크레셴도

나와 너라고 하자, 우리라는 죽은 단위는 버리고
깨진 사탕 파편으로 이를 닦자, 썩은 이로 좀 더 정확한 발음을 구사하자, 질문해 보자
왜 먼 훗날만을 생각하며 가까이에 두려고 하는지?

중요한 것은 방아쇠를 누가 당기느냐가 아니라
방아쇠는 당겨지게 되어 있다는 거야

썩은 과일을 만져 보자, 그 감각은
과거의 것? 현재의 것?

확실한 건 오직 외운 것들
살생부에 적힌 것

나와 너, 나와 너, 나, 너, 나, 너, 나너나너나너나너

1.
나와 너의 타깃은 나와 너가 아니야
!
당겨지는 방아쇠

1.
저기, 토마토가 토마토를 먹는다
토마토가 토마토를 걸어 나간다

0.
걸어 나가는
나와 너들

블랙아웃

테이블은 테이블을 벗어나고 싶어서 운다

안엔 발을 들이지 않는 게 좋겠어
원이 낮게 읊조린다
나는 이미 안인데, 어쩌지

유리창은 두껍고 나는 벗어날 수 없다
테이블 위에 원이 선을 긋는다
무수한 빗금을 머금은 창
너머 무심히 지나치는 상

원은 아는 게 많고 모든 것을 포용할 듯이 군다
나는 의자에 앉아서 고개만 떨군다
잘못한 게 없는데 자꾸 원이 죄를 고하라고 말한다

테이블은 둥근데 아래를 쓸어 보면 각이 있다
이건 만져 본 사람만이 안다
백 퍼센트야, 넌

원은 단호하다

잠깐 밖에 좀, 영이 환기를 시킨다
원이 영을 가로막는다
영은 원을 벗어날 수 없다

굴레 속에서
단 한순간의 눈감음도 허용되지 않는다
눈꺼풀 뒤에서 견고한 성이 완성되고 있다

나를 두고
영과 원과 성과 상이 제각각 떠들고
또 하나의 테이블이 탄생하는 중

테이블은 테이블을 엎을 수 없다
두꺼운 유리창 너머로 밖이 보인다
밖은 어둡고 고요하다

오직 테이블만이 테이블을 이해한다

각이 칼이 될 때까지 테이블은 테이블 구실에 충실
하고

테이블에는 언제나 흔적이 남는다

생태계

샌들을 신을 때 양말을 꼭 신는 버릇
드러나는 발가락이 두려워

괜찮아, 조심해, 무슨 상관이야
친구는 무수한 문 앞에 서서 나를 다독인다
너는 곧 문에 도전하는 걸 좋아하게 될 거야

문의 모양은 제각각이다 손잡이의 위치도 문턱의 높
이도
문 너머의 기척은 요란스럽다

친구는 대수롭지 않게 여긴다 너답지 않게 왜 이래
내 손에 깍지를 끼며

친구의 손이 축축한 걸 모른 척한다 지나치게 빨라진
숨소리도

점점 가까워지고 있는 것 같은데……

친구는 나를 데리고 구석으로 간다
다시 멀어졌지?
나는 잘 모르겠다

밖은 그다지 위험하지 않을 거야
친구는 맨발로 환하게 웃는다

손깍지를 풀지 않고
　우린 안에 있으니 안전할 거야, 걱정하지 마, 안심해
되뇐다
　친구는 나를 손잡이로 여기는 것 같다 나는 모르는
척한다

우리가 문밖에 있다는 것을

고요하다 서로의 숨소리만 작게 들린다
이대로 숨이 멎길 바라는
마음은 플랑크톤

친구는 다 괜찮다고 말한다 이대로가 옳다고 말한다
그런데
피라미드에 들어가려면 문부터 통과해야 한다

알고는 있다

5년

내 입에 마스크를 씌우고 가만히 있으라 말했다. 깊이를 가늠할 수 없는 동굴 속에 나를 밀어 넣고.

처음에는 울기만 했다. 눈물이 고이고 모여 연못이 될 때까지. 당장 내 손에 닿는 캄캄한 동굴의 촉감은 생소하고, 여기가 어디인지 얼마나 깊은지 어떤 모양새인지 가늠조차 할 수 없었다.

하염없이 연못만 바라보는데 어느 날 작은 구피 한 마리 헤엄쳐 다녔다. 블루 블루 마이 블루. 눈물이 만들어 낸 그 빛깔이 영롱하고 아름다워서

동굴을 닦기 시작했다. 가끔 새어 들어오는 빛이 동굴의 형태를 보여 주었지만 이렇든 저렇든 상관없었다. 눈은 몸보다 적응이 빨랐다. 어둠 속에서도 밝은 시야를 가진 자.

이끼를 걷어내고 누울 자리도 만드니 제법 운치가 있

었다. 더 이상 눈물 흘리는 것을 아까워하지 않았다. 연못이 강이 되고 동굴의 더 깊은 곳까지 닿도록 내버려두었다.

마스크로 배를 접어 띄웠다. 가라앉을 줄 알았는데 내 시야 밖으로 천천히, 하지만 우직하게 나아갔다. 구피는 배를 뒤따라 헤엄치더니 끝내 사라졌다. 어디로 갔는지 알 수는 없지만 누군가에게는 분명 가닿을 것이다.

어디선가 희미하게 들리는 웃음소리, 말소리, 숨소리. 소리는 내 것이 아니라는 걸 진작 알았다. 나는 동굴을 가진 자.

물이 불어나 파도가 밀려오다 밀려 나가기를 반복했다. 동굴은 작은 소리도 거세게 만들었다. 그러나 나의 귀는 나의 것.

동굴 속에서 나는 애벌레마냥 끊임없이 꿈틀거렸다.

이 움직임이 뭔가를 만들어낼 것이라 믿으면서

5년이 지났다.

나비가 무성하다.
날려 보낼 차례다.

신기루

나는 왜 한 발짝도 나아가지 못하는 것일까요.

늪이 나와 너무 가깝습니다. 저 멀리 대성당이 보입니다. 영화에서나 나올 법한 웅장함이지만, 저것은 현실입니다. 나는 대성당을 아주 오래전부터 보아 왔습니다. 저곳에는 선택받은 자만이 갈 수 있다는데, 선택의 권한은 누가 부여하는 것일까요? 대성당의 존재를 알아차렸을 때부터 나는 이것이 언제나 궁금했습니다만

늪이 나와 너무 가깝습니다. 그렇다고 내가 늪에 발목을 담그고 있는 것은 아니고요, 그저 나와 너무 가까울 뿐입니다. 단지 그뿐인데

나는 왜 한 발짝도 나아가지 못하는 것일까요.

이곳에는 낮이 물러가고 밤이 찾아옵니다. 지독한 현실입니다. 충분히 어둡다면 나를 숨길 수 있을 텐데, 나는 자주 발가벗겨집니다. 벗기는 자는 없습니다만 저는

언제나 벌거숭이입니다. 이곳에는 그 누구도 없으니 나의 맨몸이 아무것도 아닐 수 있으나

저 대성당이 너무 거대합니다. 대성당을 발음하면 입 안에서 둥근 죄가 구르는 느낌이 들고

나는 맨몸임에도 한 꺼풀 더 발가벗겨지는 느낌이 듭니다. 이런 저를 선택할 지 누구인가요? 늪이 나와 점점 더 가까워집니다. 나는 움직이지 않지만 그렇다고 죽은 것은 아니어서

대성당을 바라봅니다. 눈을 깜빡이지 않은 채 한곳만 바라보면 모든 게 가짜 같습니다. 내가 오랫동안 서 있던 이곳은 거짓말 같고, 저절로 흐르는 눈물 때문에 눈을 깜빡이면 순식간에 대성당이 무너집니다. 내게로 쏟아집니다. 대성당 안의 사람들이 나를 감싸고

늪은 너의 반대편에 있다네, 늪은 너의 반대편에

귓가에서 들리는 생생한 목소리들과 내게 쏟아지는
스테인드글라스의 불빛.

편성

비가 내리고 있습니다 TV에서는 오늘의 뉴스가 방영
되고 있고 먼지가 쌓인 창틀과 어두운 창밖 아픈 자들
은 모로 누워 벽지의 무늬를 헤아리고

나는 이곳의 풍경이 익숙합니다
오래 마주 보았던 풍경이지만 아득한 옆 사람의 얼굴

뉴스 밖 살빈 얼굴들의 행방이 궁금합니다 인간은
왜 보이지 않는 것을 궁금해하게 되었을까요 나는 무엇
을 자세히 보려고 안경을 쓰고 있는 것일까요 뉴스가 끝
나면 연속극이 방영될 것이고

나는 흰 이불을 덮고 누워 연기합니다

병든 자의 기도를 흉내 내고 아픈 자의 신음을 훔
쳐도
미동 없는 풍경

연속극은 치정으로 치닫고
누군가를 죽도록 미워하는 것과 죽을 만큼 사랑하
는 것 중 무엇이 더 진정성 있을지 고민하는 사이

창밖의 어둠을 가르는 빛줄기 하나
나는 몸을 일으켜 밖을 내다봅니다

우산을 쓰지 않은 채 바닥에 드러누워 창문을 향해
플래시를 비추고 있는 한 사람
신은 가장 낮은 자의 모습을 하고 온다는 기도문의
구절과
연속극 속 배우들의 입맞춤

이 공간이 가짜 같습니다

소등하겠습니다, 불을 끄고 이곳을 나서는 사람의 뒷
모습은 홀가분해 보이고
문턱이 없는데도 문을 넘어서지 못하는 사람들

창밖의 사람이 이리저리 빛을 흔듭니다 창밖의 빛은
어찌 저리 쉽게 흔들릴까요 연속극은 끝날 듯 끝나지 않
고 창밖의 사람은 빛을 내던지고 무엇인가 고래고래 소
리치는데

유리창이 너무 두껍습니다

알 수 없는 빛과 와닿지 않는 전언
순식간에 지나가는 CF들과 다음 주를 예고하는 연
속극

다음 주는 순식간에 지난주로 탈바꿈되겠지요

나는 이런 흐름을 따라갈 수 없고
한쪽으로 기울어지는 어깨와 나란한 침대의 간격

익숙한 건 지겨워서

안경을 벗고 풍경을 바라보면 세상의 불가사의가 왜
생겼는지 알 것만 같고

세실리아

벌써 마지막 장입니까? 제게 거짓을 고하지 마십시오. 넘겨도 넘겨도 언제나 첫 장입니다. 형제들의 뼛속으로 제가 흐르는 것이 보입니다. 종말도 결말이 될 순 없지요. 도망간 형제들은 자신의 성기를 갉아 먹으며 살고 있다는데, 저는 당신들이 조금 더 외로워졌으면 좋겠군요. 아무 의미 없는 이름을 가지고 싶습니까? 세례를 받으십시오. 세례명으로 불릴 때 나눠 쓰는 몇 개의 밤과 묽은 꿈, 흰 통증. 전부 당신들의 것입니다. 오, 형제여. 저를 난도질하는군요. 저를 불태우는군요. 아무리 찢어 발겨도 저는 살아서 돌아옵니다. 형제들에게는 그런 제가 많습니다. 사실 당신들은 저를 모르는 척하지만 우리는 우주를 함께하고 있지 않습니까? 가정이라는 가정을 믿다니, 넙죽 엎드려 거짓을 경배하고 있는 꼴이 우습군요. 형제들은 나의 남편이 아닙니다. 나의 자식도 아닙니다. 아버지는 더더욱 아닙니다. 기도하십시오. 오래 기도할수록 저는 옅어질 것이나 당신들은 늘어날 것입니다. 그것은 의식일 수도, 약속일 수도 있지만 형제들의 제사는 제가 주관합니다. 저는 침묵으로 말하겠습니다. 살기 위해. 가엾은 형제들. 서로 잡담만을 나누며 누가 누구인지 끝내 알지 못할 테지만, 명심하십시오. 형제들은 오로지 단 한 명입니다. 흰 침묵이 하나의 목소리를 냅니다.

자, 이 모든 문장들은 형제들이 가져가시고 제게는 육체나 주십시오.

ㅁ ㅗ ㅁ

홍성희(문학평론가)

영은 원을
―「블랙아웃」중에서

◼

　공간에 대한 감각은 오랜 시간에 걸쳐 축적되고 재
생산된다. 고전이 된 문학 작품이 현대에 시각적으로
재현될 때, 과거의 인물들이 경험했을 계급적, 경제적,
정치적, 문화적, 사회적, 젠더적, 인종적, 신체적 지위
차이는 프레임 속 제한된 공간에 인물이 배치되는 방
식을 통해 현대 관객에게 전달되곤 한다. 상대적으로
더 힘을 가지고 있어 중력을 부여받는 인물이 프레임
의, 혹은 장면 속 공간의 중앙에 위치하여 관객을 정
면으로 마주 볼 때, 더 적은 힘을 부여받는 인물은 중
앙을 에워싸며 중앙의 인물을 향해 몸을 돌리고 있거
나 화면의 평면에서 원근법적으로 '먼' 자리에 위치한
다. 인물이 위에서 아래를 내려다보며 말할 때와 아래
에서 위를 올려다보며 말할 때 관객은 먼 옛날부터 어

떤 방식으로 '위'와 '아래'가 결정되고 경험되었는지를 감각할 수 있다.

스크린 위 평면의 공간을 차별적으로 배당하는 방식은 근현대에 이르러 발달된, 세계를 시각적으로 구조화하는 방식이자 일종의 영상예술적 기법의 문제로 다루어지기도 하지만, 세심하게 의도된 영화의 장면은 오래전 그려진 회화의 화면을 석극 연상시키기도 한다. 먼 과거에 있었을 긴 사각의 식탁이 놓인 어느 만찬 자리를 상상할 때 어느 자리에 앉는 이가 가장 큰 지위를 가진 인물인가를 어렵지 않게 추측해낼 수 있는 것처럼, 공간을 역학 관계가 재현되는 장소로 바라보는 시각은 시간을 켜켜이 가로질러, 현대의 우리가 공간을 감각하고 재현하며 공간 속에서 타인의, 스스로의 자리를 인지하는 방식에 시간의 무게만큼 육중하게 뿌리내리고 있다. 그것을 기억할 때 공간이란 평면적이지 않고, 어떤 자리도 다른 자리와 동등하지 않다.

최근에는 시각 예술 분야에서나 일상생활에서 공간화된 힘의 구조를 전복하거나 전유하는 방법을 고민하는 가운데 공평한 공간에 대한 상상력이 축적되어 가고 있기도 하다. 하지만 안지은의 시는 진심 어린 노력에도 불구하고 삶의 공간은 여전히 구획화되어 있으며, 그 구획이 사람을 특정한 공간감에 강박처럼 결박되게 한다는 것을 잊지 않는 일에 몰두한다.

"모래에서 빛나는 형광색 충일을 찾던 시설"을 뒤로 하고 모래를 없애 버린 놀이터에 가면, 안지은의 '나'는 "엉덩이 밑에 타이어"가 없는 시소에 앉아 "어디로 갔을까 힘을 주는 만큼 꺼졌던, 꺼지면서도 나를 다시 위로 밀어 올리던 그 힘이"(「슬픔은 화분의 자세로」), 라고 묻는다. 이 물음은 시간이 흐르면 공간이 달라지기도 하며 필연적으로 상실감을 수반한다는 점을 이야기하는 것일지도 모르지만, 한편으로 그것은 공간의 성질이 사람의 경험을, 기억을, 삶과 관계 맺는 방식을 결정지어 버린다는 점을 기억하는 것이기도 하다. 그 설정의 힘은 어린 시절 각인된 것과 달라져 버린 공간에서도 강하게 발휘되어서, 모래 없는 놀이터에서도 '나'는 모래를 기억하고, "입안에서 퍼석거리는 한 움큼의 모래알"(「신앙」)과 너의 혀에서 돋아나는 모래(「오늘의 운세」)를 느끼며, "입안에 너무 많은 모래"(「우리의 오해는 영원히」)와 끝내 "쏟아지는 모래"(「오늘의 운세」) 때문에 "내 이름을 부르고 싶"어도 부를 수 없는 가득 참으로 사막을 하염없이 걷는다(「우리의 오해는 영원히」). 새로 배를 만들어 나아가도 그 배가 꼭 같이 사막으로 가는, "내일을 질문하자 어제가"(「오늘의 운세」) 다시 오는, '출구 없이' 영원히 반복되는 방향성과 시간성은, 안지은의 시에서 수건돌리기가 계속되는 둥근 원처럼 언제나 공간적인 힘의 문제와 관련되어 있다. 공간이 허락하는 위치에서만 놀이가, 이야기가 시작될 때, 모든 것은 이미 "배치에 관한 문제"이거나 혹은 "위치의 문제"(「다큐멘터리」) 이나.

○

백야의 숲이다. 우리는 서로가 어디에서 왔는지 모른다. 텐트를 쳐야 할 때는 안다. 새의 지저귐이 멎을 때, 한 사람이 텐트를 치고서 대문처럼 멀뚱히 서 있다. 다른 사람은 장작더미를 세운다. 불은 붙이지 않는다. 우리는 안으로 돌아갈 수 없다. 우리는 장작 주변에 둘러앉는다. 모두 말이 없다. 텐트 앞에 서 있던 사람이 손수건을 꺼내어 앉은 자들 주변을 서성거린다. 등을 보이던 한 사람이 빙그르르 몸을 돌린다. 원이 완성되고 있다. 수건은 여전히 한 사람의 손에 있다. 술래가 되는 건 이토록 쉽다. 한 사람이 재채기를 한다. 옆 사람이 눈물을 흘린다. 사방에 송홧가루가 흩날리고 있다. 모두가 훌쩍인다. 수건을 쥔 그는 우리 주변을 하염없이 맴돈다. 하

늘은 여전히 밝으므로 시간은 희미하다. 우리는 서로
의 눈을 피한다. 눈과 코가 붉어진다. 송홧가루가 우리
를 타고 번진다. 적막이 흐르고 저마다 떠올리는 사람
은 제각각이지만 모두가 같은 마음이다. 술래의 손에 수
건이 없다. 누군가의 등 뒤에 작은 그림자가 생긴다. 누
군가는 낌새를 모른다. 누군가의 뒤는 깜깜하다. 누군가
는 무게를 모른다. 맴도는 자는 계속 맴돈다. 수건은 손
에 쥐면 가볍고 땅에 내려놓으면 무겁다. 앉아 있는 사
람들은 맨땅에 익숙해진다. 수건의 행방을 궁금해하지
않는다. 수건은 오직 하나다. 원이 깨지지 않는다. 누군
가는 계속 맴돌아야 하는데 흐느낌 속에서 수건이 젖
지 않는다.

— 「동심원」 전문

지금 이곳을 "백야의 숲"으로 언명하면서 시작되는
이 시는 "백야의 숲"에 겹겹이 공간을 만든다. 한 사람
은 텐트를 치고, 다른 사람이 장작더미를 세우면, 수
를 알 수 없는 '우리'는 장작더미를 둘러싸고 앉아 원
을 만든다. 아무도 그렇게 해야 한다고 말하지 않아도
누구도 세워진 텐트의 안으로 들어가지 않고 모두가
"원이 완성되"도록 자세를 고칠 때, 안지은의 시에서
공간은 필연적인 이유 없이, 암묵적인 동의와 동참의

형태로, 거의 자동적으로 만들어진다. 불을 붙이지 않아도 장작더미 주위로 둘러앉는 '우리'들처럼, 중심으로 여길 민한 것이 만들어지면 그것이 정말로 중심으로서 역할을 수행하지 않더라도 그것을 기꺼이 중심으로 삼는 사람들에 의해 '동심원'은 생겨난다. 그런 방식으로 공간은 곧 질서가 된다.

질서는 놀이의 규칙처럼 자발적인 참여와 강입적인 강제를 구분하지 않는다. 누군가의 손에 들려 있던 손수건 한 장은 "손에 쥐면 가"벼운 물건이지만, '우리'가 하나의 원을 만들고 똑같이 안쪽을 향해 앉아 공간을 꾸리며 손수건을 든 자가 등 뒤를 맴도는 방식으로 '술래'가 되는 수건돌리기 놀이에 암묵적으로 참여하게 되는 순간, 손수건은 "맴도는 자는 계속 맴"돌고 모르는 자는 계속 모르며 원을 이루는 자는 계속 원을 이루고 있어야 하는 규칙의 강력한 구심점이 된다. 참여자의 구체적인 의지 외에는 결정되어 있는 끝이란 것이 없는 수건돌리기의 규칙을 생각할 때, "백야의 숲"에서 계속되는 놀이는 그 자체로 장작더미를 둘러싼 원을, 텐트 바깥이라는 위치를, "백야의 숲"이라는 조건을 '백야'처럼 끝없이 지속시킬 것이다. 모두가 눈물 콧물을 흘리면서도 아무도 손수건으로 그것을 닦고자 하지 않는다는 것은 이 놀이-공간의 질서의 암묵적인 성격을 더 기묘하게 만든다.

안지은의 시는 그처럼 이상하고 말 없는 동의로 '동
심원'이 만들어지고 '숲'이 지속되는 방식을 거리 두고
바라볼 수 있는 위치에서 언제나 시작된다. 그때 그의
시에서 중요한 것은 '숲'의 맹목적인 공간성만은 아니
다. 외려 그의 시가 더 관심을 두는 것은 공간의 질서
가 생겨 버릴 때 만들어지는 안과 밖의 감각과 바깥
에 위치하게 되는 이가 견뎌야 하는 또 다른 종류의
공간감이다. "숲은 빤하고 뻔뻔한 방식으로 무성"하다
는 판단과 그런 "숲이 세계가 되는 방식"이란 간단하
게 도식화할 수 있는 '메커니즘'이자 별것 아닌 '오토
매틱'(「자정의 숲, 벌거벗은 소년들」)에 불과하다는 판
단이 선명하게 이루어질수록, 안지은의 시는 "나는 한
그루의 나무도 갖지 못한 사람"이라는 생각에 시달린
다. 나무를 갖지 못해 숲의 무성함에 동참할 수 없을
뿐 아니라 "숲의 사람들은 이해하지 못"하는 대상으
로 남겨져 버리는 '나'는 '우리'라고 말할 때조차 복수
複數의 공간감 속에 있지 못하다. 그가 놓인 공간에는
"그저 작은 문과 더 작은 침대"(「핸들링」)가 있을 뿐
'숲'과 같은 '무성함'이 없으며, 그 문의 안쪽에서, 작은
침대에 누워, '나'는 문 바깥에 있을 '숲'을 생각할 따
름이다. '숲'과 '나'의 작은 방은 서로의 안이자 서로의

바깥으로 그렇게 긴밀하다.

질서를 만드는 공간과 그로부터 배제되는 공간을 모두 알고 있는 자의 위치에서 안지은의 시는 상호 배제적으로 서로를 지탱하는 이 분리된 공간감을 '처리' 하기 위한 방법을 마음 다해 찾는다. 그가 찾는 방법 은 일차적으로 분리하는 선을 무력화시키는 두 가지 방식, 선을 넘어서거나 선 너머를 삭제하는 방식이다. 먼저 외부의 숲을 방 안으로 끌어들여, "침대 위에 가만히 누워 세상의 모든 아침을 접으면/검게 태어나는 숲"에서 "땅이 흔들릴 때마다 훔쳐 온 나무를 심고/기둥을 끌어안고 춤을" 출 때, '나'는 "동전의 앞뒤를 동시에 볼 수 있는 사람"(「핸들링」)처럼 바깥과 안의 기분을 '핸들링'할 수 있게 되기도 한다. 하지만 "병든 자의 기도를 흉내 내고 아픈 자의 신음을 훔쳐도/미동 없는 풍경" 속에서 방 바깥의 숲을 '흉내' 내고 그 일부를 '훔쳐' 오는 것이 '나'를 그 숲의 안쪽으로 끌어당겨 주지는 않는다는 사실은, "누군가를 죽도록 미워하는 것과 죽을 만큼 사랑하는 것 중 무엇이 더 진정성 있을지 고민하는 사이" 결국 '진정성'이란 '나'의 것이 아니라는 기분, 마음 다해 숲을 불러들인 "이 공간이 가짜 같"(「편성」)다는 기분을 하염없이 가져다줄 따름이다. 진짜 숲은 결국 방 밖에 있다는 것을 내가 모르게 될 수 없을 때, 공간을 견디는 일이 "우리가 문 밖에 있다는 것을" "모르는 척"(「생태계」) 스스로 속이는 일에 그치게 될 때, "나는 한 그루의 나무로 짓지 못한 사람"(「핸들링」)이라는 문장은 달라질 방법이 없다.

안지은의 시가 문장에서 문장으로 이어지며 보다 무게감 있게 다루고자 하는 것은 아마도 그래서, '나'의 방을 그 자체로 작은 숲인 곳으로 만드는 방법이다. 문장의 근거가 방의 바깥이 아니라 방의 안에 있어야만 그것이 그려내는 것이 진짜 숲일 수 있는 것이라면, 바라는 것을 꿈꾸듯 빌려 오는 방식으로가 아니라, 그 자체로 바라는 것을 이루는 방식으로 문장은 쓰여야 할 것이다. 그렇게 "소리가 공간을 만든다고 믿고/연인이었다,로 시작하는 문장을 중얼거리면"(「플라스틱 아일랜드」) 작은 침대에 홀로 누워 있는 채로도 이곳엔 하나 이상의 사람이 있을지도, 그리하여 '나'는 적어도 한 그루의 나무를 가진 사람이 될 수도 있을 것이다. 바깥의 숲과 무관하게 내 안의 숲을 갖는 것, 그렇게 내가 나의 공간을 만들어 내 스스로가 '숲'이 되는 것이 안지은의 '나'가 밖인 안을 견디는 방법이 될 때, 그는 "한 번도 땅에 발붙여 본 적 없는 사람처럼 생각"(「리사이클」)하기를 시작한다.

나를 숲의 장소로 만드는 일은 나를 '바깥'으로 만드는 저 '나무들'의 '숲'이 가지는 구심력을 조정하는 것으로 시작되어야 한다. 안지은의 시는 그 방법으로 '숲'의 글자를 뒤집고 쪼개고 축약하여 다르게 쓰는 연습을 한다. 이를테면 단순한 '메기니즘'으로 생성되고 유지되는 숲을 '너무 이상한' 곳으로 볼 줄 아는 시선은 그 속성을 "눈물·숲"이라는 간단한 단어 조합으로 정리하고, "눈물숲"이라는 두 단어를 합친 합성어로 만든 다음, "눈 물 숲 눈 물 숲" 합성어를 세 단어로 쪼갠 뒤, "곡 롬 폰 곡 롬 폰"(「자정의 숲, 벌거벗은 소년들」) 거꾸로 뒤집는다. 함께 원을 이룰 사람 없이도 시인이 스스로 만들고 플레이하는 이 놀이에서 '숲'이라는 말은 뒤집으면 새로운 단어가, 혹은 온전한 글자가 되지 못해서, '폰' 정도로만 그 흔적을 남길 수 있는 것이 된다. 세계가 되기도 하던 숲이 그렇게 숲의 의미를 잃어버리고, 그저 하나의 글자로 가벼워질 때, "모두가/뿌리를 가지고 있"(「핸들링」)어서 '나'를 이해하지 못했던 '숲'의 배타적인 힘도 함께 가벼워진다.

안지은의 시에서 "쉽게 끊어지는 개미의 다리"(「신앙」), "다리 없는 걸음"(「지그재그일 거라고」, 「우리의 오해는 영원히」), "다리 없는 새", "절대 땅을 밟지 않고 나는 새" 같은 '다리 없음'의 감각이 등장하는 것은 이때이다. "그러니까 다리는 없어도 된다는 말"(「버드 오브 파라다이스」)에서처럼 '다리 없음'이란 실제로 다리가 있고 없음을 의미하기보다는 다리의 있고 없음이, 땅을 디딜 수 있어야 한다는 감각이 더 이상 중요한 문제로 여겨지지 않는다는 것을 의미한다. 그런 문장으로 저 바깥의 땅과 숲과 나무를 등질 수 있을 때, 안지은의 '나'는 '하나'로 여겨져 온 것을 '둘'로 쪼개는 방식으로 새로운 공간을 탐색하기를 시작한다. "목소리에서 소리를 분리할 수 있는가? 그렇다면 남겨진 목은 가치가 있는가", "물웅덩이//물이 없는 웅덩이에 발을 담그고 젖는다"(「Walking in the rain」), "몸살이 났다/몸에 살이 나면 원래 아픈 건가"(「정서와 서정」)와 같은 문장에서 안지은의 시는 있는 단어를 그대로 빌려 쓰는 대신, 단어를 두 개의 단어로 나누어 둘을 품고 있던 단어의 생태를 기억해내고, 문장의 방식으로 기억을 세계에 기입한다. 둘이었던 하나로서 다시 둘이 되는 합성어들처럼 그러한 문장의 방법으로 그의 시는 흉내 내거나 훔쳐 온 것이 아닌 '당신'을 '나'의 작은 방에 배치하는 방법을 꿈꾼다.

시가 '당신'을 부를 때, 그 언어의 힘으로 "당신이

없는 곳으로부터 당신이 태어"(「카니발리즘」)난다면, "당신과 나는 쉽게 우리가"(「장례」) 되며, "당신은 나를 알고 있지?/한 침대에 나란히 누워 "우리는 같은 피를 나눠 쓰고 있"(「희귀종」)는 둘이라는 것을 '나'는 비로소 믿어 볼 수 있을 것이다. 그럴 때에 '나'는 이 공간을, 방 안을, '우리'라는 복수의 공간감을 안도한 채로 마주 볼 수 있을지도 모른다. 안노삼은 안과 밖을 하나씩 맡아 "창 하나를 사이에 두고 마주 보며 유리 조각을 나눠 먹는"(「장례」) '우리'의 균형감이나, 어느 하루에도 속하지 않는 "자정의 빛을 볼 줄 아"(「자정의 숲, 벌거벗은 소년들」)는 자의 비-공간적 실재감, 소파를 집의 중심에 두고 "한쪽이 정서면 다른 한쪽은 서정"(「정서와 서정」)이 되는 편향되지 않은 공간성을 상상하게 하기도 할 것이다. "동전의 앞뒤를 동시에 볼 수 있는 사람이 되고 싶"(「핸들링」)은 마음은 그렇게 다시, 다른 공간을 배경으로 찾게 될 수도 있다.

하지만 자신이 근거 삼을 공간을 스스로 만들어내려는 마음은 정말로 땅의 세계를 잊은 망망한 허공을 상상하고 "절대 땅을 밟지 않고 나는 새"(「버드 오브 파라다이스」)가 되어 그곳을 죽을 때까지 활공하는 방식을 신앙처럼 종교처럼 믿어 버리지는 못한다. 서로 이름을 바꿔 부르거나 쓰면서(「장례」, 「스테레오 타입」, 「엑소더스 클럽」, 「렌트」, 「Vertigo」) 다르지만 같음을, 같음의 동등함을 공유하는 '당신'과 '나' 사이에도 끝내 안과 바이, 그들 통한 공간의 역학 관계가 생겨 버린다는 것을, 그래서 모든 것이 다시 배치와 위치의 문제로 되돌아가 버린다는 것을 '나'가 알게 되기 때문이다. '나'의 서술에서 '당신'은 '나'에게 등을 보이며 앞서 걷고, '당신'이 아는 것을 '나'는 모르며, '당신'과 '나'는 세계를 바라보는 시선도, 그것을 언어화하는 방법도 다르다. 무수한 '다름'에 대한 언급 속에서 '나'는 "당신은 나를 알고 있지?"(「희귀종」)라고 당연스레 물었던 것에 스스로 답할 수 없는 위치에 남게 되고, 끝내 작은 침대에서처럼 "나란히 누워 있"던 "너와 나"(「렌트」)는 욕조 안으로 가라앉는 '너'와 욕조 밖으로 나가는 '나'로 나누어진다. 바깥과 안이라는 배치의 문제나 그와 무관하지 않은 몰이해의 문제가 소거된 곳으로서 상상해내고자 했던 '너와 나'의 공간은 어느 사이, '너'와 '나'가 이미 항상 어떤 위치에 놓인 채 서로를 어떤 자리에 배치하는 힘으로 경합을 벌이는 장소로 되돌아와 있다. 그곳은 여전히 '너'와 '나'라는 복수가 깃들어 있는 공간이지만, 거기 있는 새는 "발이 잘린", 그리고 "날개가 없는 흰 비둘기"(「다큐멘터리」)다.

당신은 의문의 형식으로 빵을 굽습니다 녹물이 스며든 얼굴 나는 당신의 얼굴을 만지작댑니다 손에 닿는 것만이 구원이지요? 그런데 왜 당신의 눈동자 안에는 빈방이 있는 겁니까

오븐에서 빵이 터집니다 내가 반죽한 빵입니다 실수였지? 당신이 물었고 그 이후로 내가 가시는 모든 김장이 실수가 되었습니다 손바닥이 물이끼로 변해 가고 당신은 오븐 안으로 걸어 들어갑니다 그제야

계획 없이 낮이 스며들어 지하는 더 이상 지하가 아니게 되었습니다 당신과 나를 우리라고 묶을 수 없으니 빛보다 빠르게 당신을 파양합니다 불타는 당신을 보며 나는 목욕을 합니다 거품을 삼키며 끝없이 미끄러집니다

텅 빈 방을 천국이라 부를 수 있을까요? 그곳에서 벽지처럼 무늬화되어 있는 당신을 만져 볼 수 있을까요? 그러면 더 이상 당신을 당신이라 부르지 않아도 될 것이고 존재하지 않는 길을 지도로 만들지 않아도 될 텐데요

오븐은 애초에 존재하지 않았으나 무엇이건 간에 부
풀어 올랐습니다 누군가가 존재라도 했던 것마냥 낮도
밤도 아닌 이상한 시각을 바죽으로 커대며 끓이길 듯
이어질 듯 붙어 있는 숨

간신히 눈을 뜨고 나서야 당신의 얼굴이 완성되었습
니다

—「불면증」전문

"당신의 눈동자 안"에서 '빈방'을 보게 되는 일은 내
가 당신의 눈동자 밖에 있으며 눈동자 안 그 '빈방'으
로부터도 바깥에 있다는 것을 알게 되는 일이다. 그
때 '빈방'을 바라보는 '나'에게 불안의 씨앗이 되는 것
은 당신과 나 사이 다름 자체가 아니라, 그 다름이 견
고한 벽과 문으로 둘러싸인 공간을 만들어 안과 밖을
나누고 밖에서는 알 수 없는 안을 키운다는 사실, 혹
은 그렇게 기대되는 안과 밖의 가능성일 것이다. 데칼
코마니처럼 다르지만 같은, 같지만 다른, 그래서 '너'
와 '나'인 '우리'라고 믿을 수 있는, "정서와 서정"(「정
서와 서정」) 같은 평면적 균형 관계가 '나'를 구원할
것이었다면, 그런 구원은 가능하지 않다는 것을 알아
차리게 되는 '나'는 "더 이상 당신을 당신이라 부르지

않"는 일을 생각한다. 그것은 "정서와 서정"을 "평화와 평화"(「평화와 평화」)로 바꿔 부르는 일, 다른 적 없던 이름을 두 번 반복하여 "존재하지 않는 길을 지도로 만들"었던 시간을 '제자리'로 돌려놓는 일일 것이다.

"한 명은 반드시 죽게 될 것이다, 서로의 손에"(「플라스틱 아일랜드」). 과거와 다르지 않은 그런 미래를 예언된 현실처럼 받아들일 때, "나는 나의 범인"이 되어 '나'를 합성어처럼 쪼갠 '당신'을 죽이고, 날지 못하는 커다란 날개를 활짝 편 채 "풍경의 가장 중심에서, 땅에 홀로"(「머그샷」) 선다. 이때 '풍경'은 다시, 숲처럼 무성한 새들의 '악보'이다. 날 수 있고 다리도 있는 새들이 전깃줄 위에 저마다의 높낮이로 앉아 악보 같은 풍경을 이룰 때, '나'는 여전히 그 풍경으로부터 배제된 곳에 홀로 있다. "악보에 나의 미래가 그려져 있었다면 조금은 달라졌을까"(「핸들링」) 바깥의 질문을 계속하면서, 안지은의 시는 다시, 혹은 여전히, 땅에 있다. 그럴 때 시의 문장은 '까마귀'를 '까뮈'로 혹은 '마귀'(「머그샷」)로 다시 쓴다. 합성어가 아닌 단어에서 한 글자를 탈락시켜 합성어가 아닌 다른 단어 혹은 이름을 쓸 때, 거기엔 언제나 단수만이 있다. 작은 방 침대 위에는 언제나 "어제의 내가 먼저 도착한다"(「오늘의 운세」).

—

안지은의 시가 그치럼 다시 변한 게 없다. 모든 것이 제자리로 돌아간다."(「렌트」)고 적을 때, '나'는 다시 마주하게 되는 작은 방에서 어떻게 공간을 계속 견뎌 가게 될까. '당신'을 죽이고 "불타는 당신을 보며 나는 목욕을"(「불면증」) 한 뒤, "유리에 비친 나의 알몸"을 바라본다. 자신의 몸을 보며 "너의 이름을 부르"고 "저 육체가 나의 몸 같지 않다"고 말하면서 "비치는 것은 잡을 수 없다"(「렌트」)고 되뇔 때, 다시 제자리에서 여전한, 영원한 공간을 살아낼 '나'에게 가장 중요한 것은 어쩌면 '너'도 '나무들'도 '숲'도 아니라 그 자신의 몸에 대한 물질적이고 물리적인 감각인지도 모른다. 그가 '숲'과 '나무들'과 '너'를 생각하기를 멈추지 않는 것은 그가 자신의 몸을 "나의 몸 같"다고 느끼지 못하는 일과 무관하지 않기 때문이다.

안지은의 시에서 몸은 대개 믿음의 문제에 기대어 있다. "공의 움직임을 흉내 내고 싶어서 몸을 동그랗게 말"(「지키의 농구」)고, "몸을 웅크린 채 죽어 가는 것마냥" 가라앉는 개를 보며 "따라 웅크려"(「식물일기」) 볼 때, 자꾸만 젖어 가는 너를 보며 "내 몸이 섬유질 텍스처였으면 하는 마음으로" "이 세상의 모든 수건을 훔"칠 때, ""깨끗한 사람이 좋아"" 말하는 '너'를 생각하며 "표백제를 온몸에 들이부"(「다큐멘터리」)을 때, 그의 시에서 몸은 어떤 공간에서고 세계를 향한 마음을 드러내는 가장 적극적인 방법이고, 세계와 닿으려는 애탄 움직임이며, 끝내 그곳에 가닿을 수 있디는 간곡한 믿음의 흔적이다. 아마도 그렇기 때문에 '나'의 몸의 근거는 언제나 '나' 자신이 아니라 그가 속하고자 하는 세계, 그가 마음을 나누고자 하는 대상에 있다. "손끝으로 눌러 죽인 개미들, 쉽게 터지는/끝없이 쌓아 무덤을 만들고/그 속에 들어가 누워서/몸 위로 개미들이 기어 다닌다고 느끼는 것"이 '믿음'(「신앙」)이라고 그가 말할 때, 그에게 믿음은 그 자체로 공간이고, '나'의 몸은 자신이 만든 믿음의 공간 속에서 믿음을 믿음인 채로 간직해야만 이곳에 있다고 믿을 수 있는 환영처럼 여겨진다. 그의 시가 자꾸만 자신을 둘러싼 공간을 정확히 감지하는 일에 빠져들게 되는 이유도, 그 속에서 자꾸만 '귀신'을 말하게 되는 이유도 거기에 있을 것이다.

"제게는 육체나 주십시오."(「세실리아」)라는 문장으로 시집을 닫을 때 시인의 세계에서 몸이 여전히 어떤 무성함이 쥐어 주어야만 하는 것, "뒤통수를 쓰다듬을 때의 촉감"(「제이에게」)처럼 다른 누군가의 몸을 통해서만 확인될 수 있는 것으로 계속 남겨진다면, 그의 시가 공간의 역학을 견뎌 갈 시간은 몸이 어떻게 몸이 되는가를 물어 가는 일, 몸이 어떻게 몸이 된다고 그가 왜 믿는가를 물어 가는 일과 멀리에 있지 않을 것이다. "몸이 된다는 것은 무엇일까"(「플라스틱 아일랜드」) 시인의 질문이 손으로 만질 수 있는 시집의 몸으로 있게 되는 여기 이 자리에, 그 질문의 소리를 듣고 만지는 사람들이 있다. 그 손끝에서 온도가 달라지는 종이의 표면도 여기에, 있을 것이다.

앙팡 테리블

2023년 2월 24일 1판 1쇄 펴냄

지은이	안지은
펴낸이	김성규
편집	김안녕 김도현 한도연 김채현
디자인	신아영
펴낸곳	걷는사람
주소	서울 마포구 월드컵로16길 51 서교자이빌 304호
전화	02 323 2602
팩스	02 323 2603
등록	2016년 11월 18일 제25100-2016-000083호

ISBN 979-11-92333-65-6 04810
ISBN 979-11-89128-01-2 (세트)